CW0070 8419

Jean François Deniau

de l'Académie française

La lune et le miroir

Gallimard

Jean François Deniau est né à Paris en 1928. Après des études d'ethnologie, d'économie politique et Sciences-Po, il intègre l'E.N.A. Mais déjà « atypique », il a passé l'écrit en Indochine à Saigon... Ensuite l'Europe. Négociateur des traités européens de base, après plusieurs années à Bruxelles, il est nommé à trente-cinq ans par le général de Gaulle ambassadeur de France en Mauritanie. De 1973 à 1980, il a été six fois ministre. Il a été aussi ambassadeur à Madrid auprès du roi d'Espagne pour la difficile période de la « transition démocratique ».

Depuis 1981, il s'est consacré à de nombreuses missions humanitaires dans des zones à haut risque au Cambodge, en Afghanistan, en Somalie, au Liban, en Bosnie, etc.

Marin et écrivain, il n'a jamais cessé de naviguer et d'écrire, essais ou romans. Il a été élu à l'Académie française en 1992. Il préside l'association des « Écrivains de Marine », qu'il a fondée en 2003.

I

Le conteur s'arrête. Il a un filet de voix plutôt haut perché, un oiseau prêt à s'envoler. Il fait, du bout du bec, boire un peu l'oiseau de sa voix. Ce n'est pas tellement qu'il avait soif, c'est pour faire attendre l'auditoire.

Un proverbe local dit : ce n'est pas être patient que de ne pas s'énerver quand vous appelez quelqu'un trois fois et qu'il ne répond pas. Être vraiment patient c'est quand on vous appelle trois fois et que vous ne répondez pas. Laissons le temps à l'oreille de se tendre. Laissons le temps de mûrir aux mots. Les enfants (quand on dit « les enfants », cela veut dire : les garçons), entre les genoux de leurs grands-pères, jouent en silence avec le sable. Des femmes, portant haut leur charge sur la tête, passent derrière les rangs des hommes accroupis. Ici, elles ne se voilent pas. On peut voir leur âge à leurs yeux : avec l'âge ils ne rient plus.

Le conteur reprend, en fausset. Mais peut-on conter ce qui est extraordinaire avec la voix de tous les jours et celle de tout le monde ? Écoutez, écoutez la très belle histoire de l'étranger qui fut notre hôte et notre roi, et qui finit par disparaître. Que Dieu clément et miséricordieux nous pardonne. Nous l'avions un peu aidé.

La nuit est venue d'un coup. Les étoiles ne sont pas à la place où les Européens ont l'habitude de les voir. D'autres constellations montent et traversent le ciel, portant d'autres noms de déesses et d'animaux. Dans l'Océan de la nuit l'arche de Noé navigue au-dessus de nous. Les Chiens courant, le Lion, l'Aigle, le Lézard, le Serpent rejoignent la vaste troupe des Ourses, du Cygne, du Scorpion et de la Chèvre qui brille d'un jaune d'or. Comment ne les entend-on pas aboyer, rugir, blatérer, feuler, rauquer, cancaner, glousser, barrir, hululer, siffler ? Une arche de Noé silencieuse, c'est tout à fait invraisemblable. C'est celle de la nuit et du ciel.

Écoutez, dit le conteur. La brise du soir est

tombée et le sommet des palmes est immobile. Au loin, un cri, une plainte, un bêlement. La nuit les recouvre, les fait disparaître. Le monde, le nôtre, se voile. Les yeux d'un autre monde brillent.

Un jeune homme est venu du Nord il y a longtemps, jusque chez nous. Il n'était pas comme les autres de sa race. Il ne regardait pas sa montre. Il ne posait pas de question dont il ne connaissait pas la réponse. Il nous écoutait sans nous interroger. Nous lui avons fait confiance. Il a pris notre cœur. Il a pris notre cœur parce que lui, il n'avait pas de cœur, il lui en fallait un bien sûr. Il faut savoir que les êtres de ce monde n'ont pas tous un cœur. Il y a des voleurs de cœur, comme il y a des voleurs de bijoux ou de troupeaux. Mais nous ne le savions pas. Même nos anciens. Pour le cœur, nous étions tous si jeunes.

Les vieillards, qui n'avaient plus beaucoup de dents, approuvèrent du chef le conteur. Les animaux du ciel nocturne se taisent. Quel âge ont-ils ? Se souviennent-ils d'avoir été jeunes ? Dieu seul connaît les questions et les réponses. Il est plus loin de nous que la plus lointaine des étoiles et plus proche de chacun de nous que notre propre veine jugulaire.

Voilà, dit le conteur. C'est une longue histoire. Que chacun dès maintenant mette son obole. Croyez-vous qu'il y ait un bonheur qui ne se paie pas ? Et ceux qui ont déjà entendu l'histoire mettront une double obole. Parce que réentendre ce qu'on connaît est un plus grand plaisir.

II

J'avais à peine dix-huit ans. Une expédition plus sportive que scientifique cherchait un jeune ethnologue comme une caution de sérieux. Je sortais à peine du musée de l'Homme qui me recommanda chaleureusement. J'étais très jeune. Mais j'avais appris le monde dans *Kim* et dans *Les Sept Piliers de la sagesse*. Je ne regardais pas ma montre. Très vite je me suis séparé de mes compagnons d'aventure qui escaladaient les sommets en additionnant chaque soir les dénivelés gravis dans la journée. Je restais en bas. En bas, la palmeraie est une île que les vagues de sable menacent. Quand on ne les voit pas, on les entend. Comme le ressac de la mer, les dunes ont une rumeur que certains appellent la chanson des dunes.

La vie, rare, chère, disputée, magique, c'est l'eau. Des canaux l'amènent. Des planchettes la répartissent entre les terrains irrigués où poussent les trois étages des légumes, des citronniers, de hauts palmiers qui bruissent au vent du soir. Les litiges ne manquent pas. Par hasard, mais existe-t-il un hasard, je rencontrai un juge de l'eau, aveugle c'est la règle. (Nous-mêmes ne représentons-nous pas toujours la justice aveugle ? Mais, inconséquence occidentale, sans exiger que les juges le soient aussi...) Il me prit sous sa protection. Pourquoi ? On ne pose pas de question dont on ne connaît pas la réponse. C'est impoli. Il m'emmena voir les deux cérémonies opposées et complémentaires que n'avait jamais vues un étranger : une masculine, une féminine. Il serait plus approprié de dire : mâle et femelle.

Dans la montagne, le premier coup de pioche qui éventre la terre pour ouvrir la source et la seguia est un meurtre. Le meurtre de la mère. Ce sont les hommes qui tuent. Seuls les guerriers et les garçons adultes entrés dans la société des hommes sont présents. En silence. Les hommes ne pleurent pas la mort qu'ils donnent. En silence on sacrifie un bouc noir.

Le sang d'un bouc noir, c'est le prix du meurtre. Bien sûr, on ne mange pas de sa chair impure. Les rapaces et les insectes nettoieront. Je suis resté silencieux, à ma place. Je n'ai pas posé de question. L'autre cérémonie, la nouvelle arrivée de l'eau par la seguia dans la palmeraie, répond à la première comme le blanc au noir, l'aube au crépuscule, la vie à la mort, et seules les femmes y participent. Les hommes, au second plan, regardent de loin. Les femmes pressent leur sein pour mélanger leur lait à l'eau. Elles chantent, elles dansent, font sonner les pièces de leurs coiffures, tinter les bracelets d'argent à leurs mains et à leurs pieds. On rôtit des moutons qu'on mange ensemble des trois doigts de la main droite. La fête de la vie. J'ai mangé ma part de mouton avec les trois doigts de la main droite. Ai-je besoin de le dire ? Je n'ai pas pris de photo. D'ailleurs, je ne sais pas prendre de photos.

Toutes les vacances de l'été — pour un étudiant presque trois mois —, je les ai passées avec cette population si lointaine et qui m'avait accueilli si naturellement. Quand il a fallu que je rentre en France, on m'a offert un cheval. J'avais assez de métier pour distinguer un cadeau symbolique d'un « cadeau vraiment à emporter ». Qu'aurais-je fait d'un cheval barbe, même très sympathique, dans un appartement parisien ? J'ai donc, comme il convient, remercié pour ce superbe cheval en ajoutant que je le laissais à leurs bons soins, mais que je saurais désormais que j'avais mon cheval chez eux et que je ne manquerais pas de le monter chaque fois que je reviendrais. Bien. Ce que je ne savais pas, mais absolument pas, c'est que je reviendrais.

III

Attendez, dit le conteur. La vie du jeune homme qui vola notre cœur est une longue histoire. Une longue histoire vraie comme tous les contes qui ont un sens. Dieu seul connaît la vérité. Parfois, à la fin du conte, il nous la dit. Ou, plus souvent, nous la laisse découvrir. Il faut, tant le plaisir de réentendre est grand — oui, on n'aime que les chansons qu'on a si souvent entendues qu'on les sait par cœur —, il faut que je vous raconte d'abord l'aventure du pauvre chamelier qui voulait aller à la ville. Du pauvre chamelier et de la vérité.

Il y avait dans le désert un pauvre chamelier qui n'avait jamais été à la ville. Des voyageurs de passage lui avaient vanté ses maisons, ses nuits, ses charmes. Un autre monde.

Il rêvait d'y aller. Il était comme envoûté. Chaque matin, il se disait : ce soir je pars. Bien sûr, il voyagerait de nuit, le jour est trop chaud. Chaque fois, le soir tombé, sa femme l'en empêchait. Elle ne connaissait pas la ville non plus. Les femmes sont jalouses. Les femmes sont jalouses de ce qu'elles connaissent et encore plus de ce qu'elles ne connaissent pas. La ville, c'était l'ennemie. Chaque soir le pauvre chamelier cédait devant les cris de sa femme. Parfois il était déjà en selle et il lui fallait redescendre. Mais avec au cœur la rage de voir la ville.

Enfin, un soir, sa femme lasse d'interdire le laissa faire.

— Vas-y, puisque tu y tiens tant. Mais alors, rapporte-moi de la ville un cadeau.

— Bien sûr, oui, certainement.

— Je veux un grand peigne en argent qu'on met dans ses cheveux comme un diadème. Tu ne vas pas oublier ?

— Non. Oui. Je ne sais pas. Parfois je n'ai pas de tête.

— Alors si tu oublies, regarde la lune, et tu te souviendras.

La lune à son premier quartier, très mince, brille dans le ciel, elle est un diadème d'argent à poser dans ses cheveux. Le pauvre chamelier regarde et dit :

— Un peigne en argent à mettre dans ses cheveux. Oui.

— Tu n'oublieras pas ? Un peigne en argent ?

— Je n'oublierai pas.

— Regarde la lune.

— Je regarderai la lune.

Et il fit claquer sa langue, tapa de sa baguette le flanc du chameau et partit pour la ville.

Combien de jours il y resta, je ne sais pas. Mais c'est seulement un soir, quand il était déjà en selle qu'il se souvint de sa promesse de rapporter un cadeau à sa femme, en disant adieu à un commerçant à la sortie des souks.

— Une louable promesse, dit le commerçant. J'ai ici tout ce qu'il faut. Que désire ton honorable épouse ?

— Je ne sais plus. Ça y est : le trou de mémoire. Ma pauvre tête. Ah, ma femme m'a dit : si tu oublies, regarde la lune et tu te souviendras tout de suite de ce que je veux.

— Bien, dit le commerçant. Regardons la lune.

Mais la ville était loin du campement du pauvre chamelier. Le voyage avait été long. Le temps avait passé. La lune qui était à son premier croissant à son départ était maintenant pleine, ronde, lumineuse, comme un miroir d'argent.

— C'est évidemment un miroir, dit le commerçant.

Et il enveloppa le miroir, comme on sait faire en ville, dans un paquet-cadeau.

IV

Avant l'âge de vingt ans, j'étais membre du club des Explorateurs. Il ne fallait pas s'en vanter au musée de l'Homme. Le pittoresque était considéré comme un péché contre la science. Donner avec succès des conférences illustrées au grand public, la honte. Non, un ethnologue était un scientifique qui devait s'exprimer dans la langue la plus technique possible sur des sujets austères. C'est à cela qu'on distingue le savant du conférencier. Dix-sept pages d'annexes sur la façon de donner un coup de marteau, ou sur les outils du potier (pas sur les « poteries », Seigneur, ne nous laissons pas aller aux facilités). Un volume sur les treize façons de dire « marcher » dans un dialecte local qu'il est convenu d'appeler sous-langue : marcher d'un air fier, marcher comme si on gardait un secret, marcher en ayant peur, marcher en ayant peur d'avoir peur, marcher avec désinvolture en laissant traîner derrière soi un bout de tissu... Plus un peuple est ancien, plus ses lois sont complexes, plus est riche son vocabulaire. Il n'y a rien de plus stupide que d'employer le mot « primitif » pour dire : simple. Là, le musée de l'Homme avait raison.

J'ai retrouvé facilement, deux étés plus tard, une occasion d'aller revoir mon juge aveugle des problèmes de l'eau. Puisque j'étais juriste et qu'il me fallait faire une thèse de doctorat, pourquoi ne pas traiter des problèmes juridiques de l'eau en zone aride (les non-spécialistes disent « en pays désertique »). Il est étrange de revenir et d'avoir l'impression de n'être jamais parti. Les visages, les noms, les habitudes de l'un ou de l'autre, les sobriquets, les vieilles querelles, les amours naissantes, tout reprenait sa place autour de moi si naturellement que je ne pensais pas avoir été au loin pendant deux ans. Quand on a été privé de lire un journal on a l'impression que deux mois c'est deux jours et qu'on retrouve les mêmes nouvelles. En mer les distances sont trompeuses. Dans le désert qui souvent lui ressemble, c'est le temps.

J'avais vingt ans. J'ai retrouvé mon habitation et mes souvenirs. On n'avait touché à rien. Je n'avais pas oublié ce que je savais de la langue. Mais surtout la façon de se frapper dans la main et de se cogner épaule contre épaule pour se saluer. Non plus à quel point les filles étaient jolies. Le nez fin, les yeux écarquillés, immenses, des ports de princesses. Elles me souriaient en cachant leurs bouches de leurs doigts peints au henné. Je ne pensais plus tellement à ma thèse de doctorat.

V

Attendez, dit le conteur, la suite de l'histoire de la Vérité. Le pauvre chamelier a pris avec lui le cadeau pour sa femme qui est comme une lune d'argent, et il rentre chez lui. Et il dit à sa femme : voilà le cadeau que tu m'avais demandé et que je t'avais promis.

Et la femme prend le cadeau et va se cacher dans un coin pour l'ouvrir. Qu'est-ce qu'un plaisir que tout le monde peut partager ? Elle ouvre le paquet-cadeau. Elle le regarde. Elle le regarde et elle pleure. Il faut dire que comme le chamelier elle est très pauvre et qu'elle n'a jamais été à la ville. Elle n'a jamais vu un miroir.

Sa mère, qui est dans l'autre coin, lui demande :

— Pourquoi pleures-tu, ma fille ?

— Je pleure parce que mon mari ne m'aime plus.

— Comment peux-tu croire cela ?

— Je le sais, pleure-t-elle en regardant le miroir. Je lui avais demandé de me rapporter un cadeau de la ville. Et il a rapporté une autre femme.

Ne partez pas, dit le conteur. L'histoire de la Vérité et du pauvre chamelier n'est pas finie. Qui pourrait dire que la vérité a une fin ? Ensuite, il sera temps de revenir à celle du jeune homme qui vola notre cœur. Soyons honnêtes : nous avions aussi essayé de voler le sien. Il est très difficile de savoir si quelqu'un a un cœur. Surtout avec les jeunes gens.

Et puis, c'était à nous de nous méfier. Il y eut des signes avant-coureurs. Une pluie rouge et qui ne touchait pas le sol, elle s'éva-porait avant. Un palmier qui une nuit se mit à parler. Ceux qui l'entendirent étaient des anciens très sages à la barbe grise. Qu'avait dit le palmier ? Personne n'osait le répéter. L'un des vieillards nous a même confié que le palmier un moment l'avait appelé par son nom. Celui qu'on cache pour que les mauvais génies ne s'en servent pas. Son nom secret.

VI

Vingt ans. J'avais quelques diplômes respectables, des succès féminins, surtout auprès des mères des jeunes filles que je fréquentais qui pensaient que je ferais « un beau parti ». J'avais surtout le sentiment frisant l'arrogance que le monde m'appartenait, sous une réserve qui n'est pas un détail : l'impossibilité quasi physique de m'engager durablement dans quoi que ce soit, carrière ou amours. Une crampe du cœur. J'avais fait ma devise d'une pensée notée dans mes carnets : « je choisis tout » sans trop insister sur le fait qu'elle était de sainte Thérèse de Lisieux... Parce que choisir, bien évidemment, c'est renoncer. Choisir une vie, c'est renoncer à cent vies. Choisir un métier, une femme, un pays, c'est renoncer à cent autres. Je ne savais pas dire non parce que je ne savais pas dire oui.

Une fois, l'une de mes amourettes d'étudiant tourna mal. Je ne disais ni oui ni non et ce doute m'enchantait. Tout restait possible devant moi. Les femmes ne comprennent pas l'amour ainsi. La jeune fille avait besoin d'amour, nettement et maintenant. Qu'on le lui dise, qu'on le lui montre. Elle avait besoin de mots d'amour et du visage de l'amour. Je nous laissai aller trop loin dans le vague et l'allusion. Elle pouvait me croire. Il ne faut jamais se laisser aller à la tentation d'être cru. Je me rappelle encore cette soirée qui aurait dû être si romanesque dans un restaurant de la rive gauche où on dînait aux chandelles. Il y avait un chanteur qu'elle adorait. Les serveurs vous détaillaient le menu à voix basse et évitaient tout bruit de couvert. Des glaces anciennes reflétaient nos ombres. Le tain usé, les verres étoilés leur donnaient la profondeur d'un voyage magique. Un miroir à traverser. Elle avait sur une robe de soie bleue, qui bruissait quand elle bougeait, un grand col blanc et rond. Si je l'avais invitée dans ce lieu charmeur, cela ne pouvait être que pour une déclaration d'amour.

C'était une époque où les jeunes filles (peut-être le sont-elles encore) étaient romantiques. Elles s'inventaient peut-être des princes charmants, des châteaux en forêt, des enlèvements, des fuites. Qui le sait ? Comme toutes les femmes, elles étaient tout à fait possessives. Comme les militaires qui aiment planter leur drapeau sur l'objectif. Même si elles portaient des talons aiguilles qui leur donnaient une fragilité émouvante et à vous l'envie de les prendre dans vos bras. Elles avaient d'ailleurs la taille mince qui était une invitation à danser. Souvent, sous la robe, on sentait le bouton des jarretelles. Seigneur. Qu'il était émouvant le temps où il fallait découvrir ! Peut-être que c'est moi qui ai trop vieilli. Je ne sais plus découvrir.

J'étais très romanesque si on ne m'obligeait pas à signer le roman. Quand je compris qu'elle croyait sincèrement à mon engagement, quand elle n'a pas hésité à me poser la question, main dans la main, joue contre joue, incapable de dire oui j'ai de façon très brutale dit non. Si brutale que j'en ai encore honte. Ma seule excuse est que la première victime de cette façon de fuir la vie en lui courant après était moi-même. Mais à vingt ans, on ne le sait pas encore.

VII

Oui, dit le conteur. La femme du pauvre chamelier pleure en regardant le miroir.

— Mon mari ne m'aime plus, il m'avait promis un cadeau de la ville, et il a rapporté une autre femme.

— Je veux voir, dit sa mère.

La mère est aussi très pauvre, n'est jamais allée à la ville, n'a jamais vu de miroir. Elle le prend en main et le regarde. Elle dit :

— C'est vrai. Il a rapporté une autre femme. Mais tu n'as rien à craindre. Elle est très vieille et très laide.

VIII

Je me souviens de mon aventure qui finit si mal, dans ce pays lointain où je fus roi, comme si elle était d'hier. Quel étrange personnage que le souvenir. Parfois on le cherche, il a perdu adresse, nom, visage. Parfois on le rencontre en chemin. Parfois silencieusement il vous surprend sur ses pieds nus. Il est le maître de l'histoire et l'histoire n'a pas de sens. Les leçons pourtant ne manquent pas. Je me souviens.

Le colonel Nasser, après la nationalisation du canal de Suez, avait inscrit à son programme la construction à Assouan d'un gigantesque barrage sur le Nil. Les Américains se récusent devant les difficultés du projet et l'énormité de son coût. À leur suite, les organismes internationaux comme la Banque mondiale répondent non. Les pays européens de même. Nasser s'adresse alors à l'URSS et Khrouchtchev dit oui. Pour le lancement des travaux, Nasser invite la totalité des chefs d'État arabes, et Khrouchtchev.

Khrouchtchev refuse de venir. À cause de la présence du général Kassem, le « raïs » irakien, qui a massacré les communistes à Bagdad. Nasser insiste au nom de l'unité arabe et de l'amitié entre le monde arabe et l'Union soviétique. Khrouchtchev finit par céder et vient.

Le jour de la cérémonie arrive, et la grande réception qui réunit les chefs d'État. Kassem bien sûr sait que Khrouchtchev ne voulait pas venir à cause de lui. Il prend un interprète arabe-russe et s'approche de Khrouchtchev.

— Président Khrouchtchev, vous ne vouliez pas venir à cause de moi — vous aviez tort —, vous êtes communiste et votre philosophie est le sens de l'histoire. Je suis chef d'État, au pouvoir en Irak. L'histoire m'a donc choisi. Et je le suis depuis plusieurs années. Ce qui prouve que je suis dans le sens de l'Histoire. Le marxisme-léninisme aurait dû vous convaincre que vous êtes dans l'erreur.

L'interprète traduit. Khrouchtchev le saisit par sa veste :

— Répondez à ce personnage qui me parle de marxisme et de sens de l'histoire qu'il y a un proverbe ukrainien qui dit : quand on jette dans un fleuve de l'or et de la merde, l'or coule et la merde surnage.

L'interprète se réfugie dans le vague et l'allusif :

— Le président Khrouchtchev évoque le riche folklore ukrainien qui illustre les difficultés à savoir exactement aujourd'hui qui aura raison demain.

Khrouchtchev se méfie et secoue l'interprète. L'interprète traduit. Kassem veut se jeter sur Khrouchtchev. Moubarak prévient Nasser qui accourt et sépare les combattants. Nasser dit à Khrouchtchev :

— Il faut comprendre mon frère Kassem. Vous-mêmes, les Soviétiques, vous avez tué beaucoup de communistes.

Khrouchtchev répond :

— Seigneur, qu'est-ce que vous avez tous à vouloir nous prendre pour modèle ?

Depuis, il y a eu le rapport Khrouchtchev dénonçant les crimes de Staline. Il y a eu l'assassinat du général Kassem. Et les experts douteront des effets bénéfiques à long terme du barrage d'Assouan. L'or coule et la merde surnage. Il vaut mieux croire que l'histoire n'a pas de sens. Sinon le souvenir de ma vie et du royaume au loin qui fut le mien serait sans doute insupportable.

IX

À vingt ans, j'avais déjà voyagé un peu partout dans le monde, en Europe, en Asie, en Afrique. Si j'avais voulu faire carrière, j'aurais pu devenir le spécialiste de la Finlande ou du Pays de Galles. J'aurais écrit des articles dans un grand quotidien et au long des années assuré mon autorité. J'y aurais peut-être été nommé conseiller culturel ou, qui sait, ambassadeur. Non, j'ai fait le contraire. La vie peut-être m'était trop facile. J'ai fait le pari de passer deux mois dans un pays étranger, sans un sou, en gagnant ma vie au hasard des chemins. Le jour, je voyageais en faisant de l'auto-stop. Le soir juste avant la tombée de la nuit, je demandais asile dans une grange contre un coup de main agricole le lendemain, après avoir sélectionné une ferme pas trop loin ni trop près de la route : trop loin, l'étranger de passage suscite la crainte, trop près l'indifférence — il y a trop d'étrangers de passage. Et l'heure, très importante aussi : trop tôt, on n'hésitera pas à dire non, le jeune voyageur a le temps d'aller chercher ailleurs ; trop tard on n'ouvre plus. J'ai toujours adoré la technique. Le bon moment est celui où juste après avoir fini de dîner, l'agriculteur repousse sa chaise de la table et se donne quelques minutes de répit.

J'offrais de travailler le lendemain et je pouvais être pris au mot. Dans mes jeunes années j'étais passé par le « service civique rural » auquel étaient astreints les lycéens. J'avais retenu la façon de mener un cheval et de lier une gerbe. Une fois, je suis resté huit jours comme ouvrier agricole dans une ferme où on ne parlait que gallois en face d'un étang où avait été jetée l'épée du roi Arthur après sa mort. Mais j'ai été aussi garçon de café, porteur de bagages dans un aéroport, matelot sur un chalutier. La ville coûtait cher et il est beaucoup plus difficile d'y trouver un métier temporaire. Deux fois, il pleuvait, et j'ai dû pour la nuit me faire mettre en prison. Les policiers, qui avaient de l'humour, avaient enfermé dans la même cellule un escroc et ses victimes. Il vendait aux paysans, qui avaient besoin de clôtures, les lignes téléphoniques en prétendant être l'ingénieur chargé de raccourcir le tracé en passant directement par les champs. Très sérieusement, il leur donnait un reçu pour l'acompte qu'ils devaient verser. Ce fut, dans la cellule, un beau match de boxe même si les règles de Lord Queensberry n'avaient pas été vraiment respectées.

Quelles vacances... Pour moi d'ailleurs, le mot vacances voulait dire exactement le contraire de son sens commun. C'était la période la plus pleine de vie de l'année parce que la plus aventureuse. Une vie rêvée n'était qu'une suite de grandes vacances. Je ne croyais qu'au rêve de la vie.

X

Il arriva chez nous, dit le conteur, juste avant le soir, et chez nous le soir ne dure que très peu de temps. Il était jeune, mince, vêtu de kaki comme un soldat. Il ne parlait pas, il ne riait pas. Un peu jeune chien, disent les Français. Ses yeux avaient toujours l'air de chercher ailleurs. Nous n'allions pas, la nuit tombait, lui dire de poursuivre son chemin. Il resta loger chez nous. Qui aurait pu savoir la suite ? Et qui, quand il jette un caillou dans un puits, peut savoir s'il réveillera le serpent qui y dormait ? Et pourtant il y eut encore d'autres signes avant-coureurs. L'adjoint du chef de village était tombé. Qui l'avait poussé ? Chez nous, il n'y a pas de mort naturelle. Et ce chien jaune avec une taie sur l'œil qui était entré dans la ville, on ne savait pas d'où il venait. Il flaira de-ci de-là, puis disparut comme il était venu. Et puis une jeune fille promise en mariage à un notable et qui était amoureuse de son jeune cousin se suicida par le feu. Dieu clément et miséricordieux lui pardonne. Elle était pourtant adulte, nubile, presque treize ans, et très peu jolie. C'était un beau mariage pour elle, inespéré : le promis avait du bien et plus de trois fois son âge. Chez nous, les jeunes filles qui ont déjà donné leur cœur à un jeune homme sans l'accord des anciens et de la tribu volent un bidon d'essence au marché et quand on les marie de force s'arrosent d'essence et mettent le feu, pour que la honte soit à jamais sur leur famille. Ah, il y a deux dangers en ce monde : la jeunesse et les femmes qui aiment.

Mais personne ne prit au sérieux tous ces signes d'un grand trouble à venir. Pourquoi, quand le malheur s'annonce, ne pouvons-nous y croire ? Entrer dans la vie, c'est entrer dans la nuit. On ne voit plus parce qu'on ne veut plus voir.

XI

Ils m'ont logé dans une sorte de paillote.
J'ai appris deux ou trois ans plus tard que
c'est l'usage à l'égard des étrangers de passage. Si on leur offrait, même pour une seule
nuit, une maison en pierres, ils pourraient
penser qu'ils sont établis là pour la vie. Un
toit de paille, c'est plus prudent, le message
est clair. On m'a apporté du lait de chamelle,
des galettes sans levain, un potage à la graisse
de mouton. Ils devaient se battre devant la
porte pour savoir qui m'apporterait la nourri-
ture, qui me verrait manger et pourrait le
raconter. Les voyageurs ne devaient pas être
nombreux. Mon plus grand problème a été,
avant de me coucher sur une natte, de disparaître un moment pour des besoins qu'on appelle naturels, peut-être parce que leur satis-

faction passe avant tous les plaisirs de la vie et toutes ses contraintes. Je n'avais jamais vu au musée de l'Homme d'études sérieuses sur ce sujet fondamental : les peuples qui urinent debout, et ceux qui urinent accroupis par pudeur et pour protéger du mauvais sort leurs parties sexuelles. Mais je n'avais pas non plus reçu de formation scientifique sur la façon en pays aride d'aller à la selle, comme disent nos médecins. Où chercher, dans la nuit, l'endroit qui convenait, alors que la foule locale bloquait ma porte ? Les petits garçons n'ont pas encore de sexe et même en France, à l'époque de mon père, on les habillait en fille jusqu'à sept ou huit ans. Un petit garçon m'a pris par la main et m'a conduit jusqu'à un mur éloigné. Dieu soit loué il y avait de la lune, quasi pleine. Comme rien ne se dissout et ne disparaît dans les pays où il ne pleut pas, j'ai dû traverser un vaste champ d'étrons très bien conservés. Puis le petit garçon s'est caché dans l'obscurité du mur pour ne pas me gêner. Si je ne le voyais pas me voir, les règles de bienséance étaient respectées. Quand j'ai eu terminé, il est sorti de la nuit et m'a repris par la main. Je ne lui ai pas dit merci. Dans ce pays, ni le mot hasard ni le mot merci n'existent. Tout est dû.

Le vent venait de l'Océan. C'est le souffle de l'Océan que nous entendions dans les arbres et sur le sable. Les épineux riaient de leurs dents blanches.

XII

Huit jours, un mois plus tard, deux mois peut-être, il était toujours là, dit le conteur. Il était là comme s'il avait toujours été là. Le juge aveugle de l'eau l'avait pris pour guide. Pourquoi ? Peut-être parce qu'il ne connaissait aucune de nos règles, et que le juge aveugle, même dans ses pas incertains, craignait par-dessus tout d'être influencé. Un étranger de passage pour le guider, c'était la garantie d'être deux fois aveugle.

Comment avions-nous pu oublier les signes avant-coureurs ? Il y eut un meurtre. Deux jeunes gens de l'école se disputèrent. L'un prit un petit couteau, comme un jouet, et l'enfonça dans le cœur de l'autre. Ils étaient de deux clans et même de deux tribus différentes. Dans les cas comme celui-là, les autorités officielles de la ville préfèrent ne pas avoir vu. C'est entre nous, à nous, de régler le différend. À notre manière. Je ne vais pas la raconter, vous savez tous. Et puis ensuite, nous lui avons demandé un service. Celui qui demande un service comme celui qui reçoit un cadeau est prisonnier de celui qui le donne. Jusqu'à ce qu'il ait accepté à son tour un cadeau ou un service. Nous avions besoin de ce jeune étranger de passage aux yeux si vifs. Il ne nous a demandé ni argent ni faveur. Nous aurions dû nous méfier. Il nous a seulement pris notre cœur.

XIII

Après échange d'insultes et sans doute à propos d'une fille, il y eut chez eux un meurtre au couteau entre deux jeunes gens. Tuer n'est pas inhabituel dans la région. Des arbitres interviennent pour fixer le prix du sang en fonction du rang et de la richesse des deux familles. C'est ce même système que nous avons connu chez nous, il y a deux mille ans, le wergeld avec des tarifs variables pour la mort, le viol, le vol, l'insulte, suivant la personnalité de la victime comme du coupable. Le problème, comme chez nous depuis que l'homme est homme, est de savoir qui est le coupable, et qui est la victime. Là, la question était beaucoup plus grave. Les deux jeunes gens étaient de caste équivalente, mais de deux tribus différentes. Crime entraînant la responsabilité collective. C'était donc à une tribu de payer et, avant de payer, de se reconnaître coupable pour arrêter une guerre qui n'aurait pas eu de fin, chacun des deux camps contestant le nombre des morts et ne considérant jamais que le poids égal a été atteint. Non, c'était clair, il fallait arrêter la guerre, tout de suite, les notables à barbe grise et qui portent un parapluie noir roulé — insigne de leur respectabilité — en étaient convaincus.

Un soir, j'ai compris de quelques propos en l'air qu'il était meilleur que je reste chez moi dans ma paillote le lendemain matin. À l'aube, les deux tribus étaient rassemblées sur la grand-place, devant la foule. On avait repoussé les chèvres et les chameaux. Avec le soleil les tourterelles roucoulaient. Les chefs de la tribu coupable se mirent torse nu et s'agenouillèrent. Sur les genoux ils firent le tour de la place en gémissant sous les coups de fouet et en réclamant miséricorde. On les fouettait. Le sang coulait de leurs dos. Il fallait du sang pour le sang. La tribu ne serait plus coupable.

La cérémonie n'était pas finie — seulement, la dernière partie, personne ne voulut me la raconter. La tribu avait payé pour la faute d'un de ses membres. Il fallait encore exclure de la tribu le membre coupable, comme si on se coupait un pied ou un bras. Désormais le jeune homme n'appartenait plus à rien, il était sans famille et sans nom. Chacun à sa fantaisie pouvait le tuer. Aucune importance : il n'existait plus.

XIV

Qui est coupable ? dit le conteur en traçant sur le sable devant lui des signes qui n'avaient pas de sens. Qui ? Celui qui a commencé. Il ne faut en ce monde jamais rien commencer. Car qui connaît la fin, sauf Dieu qui est au début et à la fin ?

Moïse demande à Maliksadok, l'envoyé du Seigneur (que les Nazaréens dans leurs prières appelaient Melchisédech) :

— Tu es si sage, emmène-moi en voyage avec toi pour que j'apprenne à être sage.

— Non. Tu es trop impatient.

Mais Moïse insiste tant qu'ils partent ensemble. Ils arrivent devant un bras de mer. Une barque de pêche accepte de les prendre à bord pour les faire traverser. Dès qu'ils sont au large, Melchisédech se saisit d'une hache et crève le fond du bateau, qui coule. Melchisédech et Moïse regagnent le rivage à la nage. Moïse s'étonne :

— Ces braves pêcheurs nous aident, et toi, au lieu de dire merci, tu coules leur bateau au risque de les noyer ! C'est incompréhensible !

— Tu es trop impatient, répond Melchisédech.

Ensuite, après avoir beaucoup marché, ils arrivent à un carrefour. Melchisédech demande sa route à un jeune garçon, qui leur indique le bon chemin. Melchisédech prend une grosse pierre et fracasse la tête du garçon. Moïse s'exclame :

— Voilà encore quelqu'un qui t'aide et tu le remercies en le tuant ! C'est une honte.

— Comment peux-tu devenir sage ? Tu es trop impatient, répond Melchisédech.

Le soir tombant ils arrivent aux portes d'une ville. Quand les gardiens de la porte voient ces deux étrangers qui viennent vers eux, ils leur claquent la porte au nez. Peu importe, dit Melchisédech, et il commence à faire le tour des remparts avec Moïse qui le suit en maugréant. Il y a une brèche dans la muraille qui s'est éboulée. Melchisédech ramasse les pierres et remonte le mur. Moïse explose.

— Voilà des gens odieux, qui te traitent comme un chien, et c'est toi qui les aides en réparant leurs murs ! Trop, c'est trop.

— Oui, dit Melchisédech. Tu es vraiment trop impatient pour être sage. Moi, je connais l'avenir. Les pêcheurs, si je les avais laissés continuer leur navigation, auraient été pris par des pirates et auraient été voués à une vie d'esclavage et de souffrance. Le garçon qui nous a renseignés était un cadet jaloux de son aîné qui un jour l'aurait tué et aurait provoqué le malheur de toute une famille. Le mur écroulé allait révéler un trésor caché. Les méchantes gens de cette ville en auraient profité. J'ai reconstruit le mur pour qu'il ne s'éboule de nouveau que dans sept générations quand la ville sera gouvernée par des sages qui feront bon usage du trésor. Moi, je connais la fin de l'histoire. Comment peux-tu juger de l'histoire sans connaître la fin de l'histoire ? Tu es trop impatient. Ici nos chemins se séparent.

Et le conteur s'inclina pour saluer ces paroles sacrées. Mais chacun avait en tête l'histoire du jeune étranger qui fut leur roi. Qui avait commencé ?

XV

Un soir ils vinrent me chercher. En regardant la voûte étoilée, ils firent allusion au fait que j'étais docteur en droit, chose que j'avais dû mentionner sans y prêter plus d'attention. C'était en économie politique, mais peu importe. Un docteur en droit devait être un juriste de très haut niveau et avait des relations dans l'État. Et puis, j'étais européen, même si désormais je m'habillais comme eux et je parlais presque leur langue. Tous les Européens se connaissent les uns les autres, c'est évident. Question, en regardant de côté : ne pourrais-je pas intervenir pour que quelqu'un, très loin, fasse donner une bourse d'études en France ou ailleurs à ce jeune homme qui n'avait plus ni tribu, ni famille, ni même de nom, et que chacun à tout moment pouvait tuer ? Peut-être. J'ai répondu peut-être. Et, à mon retour à Paris, j'ai fait ce qu'il fallait. Il y a des années j'ai eu de ses nouvelles. Après de brillantes études de droit, il était installé comme avocat en banlieue sud-est.

Pourquoi me dire merci ? Si on fait quelque chose pour autrui, c'est qu'on avait envie de le faire, ou qu'on y était obligé. Le mot merci n'existe pas. Ni le mot hasard. Ni le mot mensonge. Quand j'épouserais la fille du roi qui avait de si beaux yeux et s'appelait « L'aube qui ne fait pas de bruit », ou en plus court Alia, j'aurais à rendre la justice. Rendre la justice, c'était savoir qui commence et donc dérange l'ordre du monde, en bien ou en mal. Qui pourrait le savoir avant la fin du monde...

Avec Alia, qui avait commencé ? Elle, en me souriant avec ses yeux noirs immenses, sa bouche cachée de ses longs doigts. En se trouvant par hasard sur mon passage peut-être deux ou trois fois de trop ? Ou moi, qui guettais son passage et mon regard qui la suivait ? Mais je l'ai dit, le mot hasard n'existe pas plus que le mot merci. Ni le mot mensonge. Le mot justice, après tant d'années avec eux, je ne sais toujours pas.

Bien sûr, dans ce pays, il n'y avait pas de rois comme nous l'entendons en Europe. Un chef traditionnel au-dessus de plusieurs clans pouvait être appelé roi. Les administrateurs français qui transposaient sans hésiter la carte départementale dans les colonies les appelaient « chefs de canton ». Leur fortune importait peu. Ils régnaient sur quatre ou cinq villages, une demi-douzaine de points d'eau et droits de passage, et quelques troupeaux plutôt nomades. Mais ils avaient quand même un pouvoir sacré qui dépassait de loin leur autorité civile. On ne pouvait rien faire contre eux, et très peu sans eux.

Dans les cérémonies, ils ne s'exprimaient jamais parce que leur parole était quasi divine et ne pouvait être partagée. Un oncle maternel comme partout en Afrique et en Asie accomplissait cette tâche à leur place. Eux restaient immobiles sur un vieux fauteuil rehaussé de trois marches en bois et sous un parasol qui pouvait n'être qu'un parapluie assez fatigué. C'était exactement comme pour la reine d'Angleterre sur son trône et sous son dais. Le roi ne touchait pas le sol et était abrité du ciel. Il planait physiquement et moralement entre ciel et terre, n'appartenant ni à l'un ni à l'autre, mais passage obligé, intermédiaire obligatoire entre les deux, garant de l'équilibre du monde. Le nombre de ses enfants n'était pas limité. Il était grand. Les filles étaient comptées à part.

XVI

Connaissez-vous, dit le conteur, la très belle histoire du bijoutier de la fille du roi ?

Il y avait un jour dans la ville un voleur très renommé. Il était quelque chose comme président de la guilde des voleurs. Une nuit, en escaladant le mur d'un riche négociant pour le cambrioler, il glissa et se cassa la jambe. Un défaut dans le mur ? Accident de travail grave, avec incapacité de plusieurs mois, si ce n'est à vie. Devant le juge, il porta plainte pour homicide contre le riche commerçant. Le juge convoque le riche commerçant.

— Juge, dit le riche commerçant, ce qui est arrivé à cet estimé président de la guilde des voleurs est tout à fait lamentable et je suis le premier à le déplorer. Mais moi je ne fabrique pas des murs. Je paye le meilleur maçon, c'est tout. À lui de répondre.

— Très bien, dit le juge. Convoquez le maçon.

— Juge, dit le maçon, je suis certainement le meilleur maçon de la ville. Mais je travaille avec les briques d'un fournisseur. Si l'une par hasard avait un défaut, cela pourrait expliquer le très regrettable accident du distingué président de la guilde des voleurs.

— Très bien, dit le juge, convoquez le fournisseur de briques.

— Ah, dit le fournisseur de briques, je suis le meilleur sur la place, c'est reconnu. Mais pour fabriquer des briques, je travaille avec des moules en bois. Si le bois d'un de mes moules n'avait pas été parfait, s'il avait joué...

— Très bien, dit le juge. Convoquez le menuisier fabricant de moules à briques.

— Juge, dit le menuisier, j'ai derrière moi trente ans d'une réputation sans tache. Cet affreux accident est horrible. Si un jour on m'avait livré un bois moins parfait...

— Qui est ton fournisseur de bois ? demande le juge.

— Le jardinier du roi.

— Très bien. Convoquez le jardinier du roi.

— Ah, dit le jardinier. Meilleur jardinier il n'y a pas. Mais peut-être un jour ai-je planté un arbre moins bien, de travers, et il a poussé moins droit. C'est possible. Je me souviens. Alors que je plantais des arbres, la fille du roi est descendue se promener dans le jardin. Oui, je me souviens. Elle était d'une si grande beauté et portait tous ses bijoux splendides, scintillants de lumière, éblouissants. J'en ai fermé les yeux. Alors...

— Très bien, dit le juge. Convoquez le bijoutier de la fille du roi.

— Ah, dit le bijoutier. Les bijoux de la fille du roi. Mon incontestable chef-d'œuvre. On ne peut pas faire mieux.

— Très bien, dit le juge. Condamné à mort.

Ne partez pas, dit le conteur, l'histoire n'est pas finie.

XVII

Jamais je n'aurais dû les aider à faire disparaître le jeune homme coupable de meurtre. Où avais-je la tête ? Mon cœur, lui, ne m'appartenait plus. C'est comme s'il suivait les pieds nus de la fille du roi, comme s'il mettait ses pas dans la trace des siens dans le sable. Oh, plaisir total des cinq sens, à quoi on peut reconnaître la passion de l'amour. Mon oreille s'enchantait du tintement de ses bracelets de cheville. Mes yeux pleuraient presque tant je regardais avec force sa silhouette voilée s'effacer. Les bouts de mes doigts me brûlaient, tant j'avais envie de sentir sa peau sous mes mains. Tant je la sentais, ma tête tournait. Quel goût avait ma princesse ? Au bout de ma langue les épices se mêlaient au miel. Les cinq sens... Une fois, où j'avais perdu un peu de distance, je l'ai vue se retourner pour regarder si j'étais toujours derrière elle. Jamais nous ne nous étions touchés, pas même la main. Jamais nous n'avions échangé un mot. Seulement, un instant, nos deux regards s'étaient croisés. Et cet instant-là, je m'en souviens toujours.

XVIII

Très bien, dit le juge au bijoutier qui avait dit que ses bijoux étaient parfaits. Voilà l'origine incontestée de toute cette triste affaire. Condamné à mort.

On emmena le bijoutier de la fille du roi sur la grande place de la ville pour le pendre. Mais quand on l'installa sous la potence on s'aperçut qu'il était trop petit et que la corde était trop courte. Alors on a pris dans la foule quelqu'un de plus grand.

Ah, dit le conteur, juger n'est jamais simple. Qui sur cette terre a péché le premier ? Comme le racontent les Nazaréens, Adam, parce que Adam a mangé une pomme cueillie par Ève ? Peut-être un quartier de pomme seulement. Et un regard échangé, en quartiers de pomme, cela fait combien ? Des montagnes de pommes ? Seul Dieu est grand et sait.

XIX

Qui a commencé, elle ou moi ? Qui a troublé l'ordre du monde ? Jamais sans doute un homme n'aime le premier. Il faut que la femme d'abord ait pensé à le prendre. Il lui a suffi d'un regard, d'un mot, d'un geste pour remonter ses cheveux, et il est pris, il ne le sait pas, mais il veut prendre à son tour. On peut appeler cela aimer.

Je devais rentrer en France. J'avais à présenter ma thèse sur les droits de l'eau. On allait me recevoir à la société des Africanistes et au club des Explorateurs. Une carrière s'ouvrait devant moi. J'ai flatté une dernière fois mon cheval. Salué les enfants. Présenté mes devoirs au roi. C'est lui, j'en suis sûr, qui m'a fait entrer chez sa fille, celle-là de ses filles si nombreuses. Je suis resté pour la nuit.

Elle était vierge. Au matin, elle l'était toujours. Quand j'ai voulu partir, la porte était fermée au verrou. Les sages s'assemblaient pour délibérer. La faute était sur eux : les rites n'avaient pas été respectés.

Je ne vais pas décrire une noce locale. Des ethnologues et des voyageurs l'ont fait bien avant moi. La mariée est parée de bijoux, parfumée, peinte, voilée. Elle porte sur elle sa fortune qui tinte et les pièces d'or de son diadème lui cachent le visage. Ses frères la protègent. Le parti du fiancé attaque. Il faut que la poudre parle, que la fumée vole dans les yeux, que les oreilles s'assourdissent. Les barbes grises des deux familles ont tout réglé, les dépenses, le harnachement des chevaux, les rôles de chacun : celui qui va crier, celui qui va tomber de sa monture, celui qui sera blessé au cou, sans gravité mais assez pour que le sang coule. Comment ont-ils pu un moment croire qu'il suffisait que deux êtres se désirent ? Que cela pouvait tenir lieu de loi ? Et ils se frappaient le front de leurs paumes ouvertes. Une fiancée doit être enlevée de force. C'est une richesse de la tribu et du clan, une femme qui peut donner des fils. Et c'est l'homme logiquement qui doit payer la dot. On n'avait pas osé me demander une dot parce qu'on me devait déjà tant. Ah, comme toutes les autres, la fille si douce du roi aux yeux qui riaient était cousue.

Un moment, j'ai cru qu'on allait me tuer pour venger l'affront que j'avais commis en étant incapable de la prendre. Je lui avais tenu la main toute la nuit. Nous nous étions à peine embrassés. Je crois que nous avions peur l'un de l'autre. Ou plutôt de tout ce que nous n'avions ni dit ni fait, et qui nous attachait étroitement d'un lien tressé si serré l'un à l'autre. Mais le soir, on m'apporta des galettes, du miel sauvage et du lait de chamelle. Je suis resté huit jours ainsi, prisonnier dans l'ombre de cette case où couraient les cancrelats. Pourquoi le roi m'avait-il poussé vers sa fille ? Sans doute : son prestige, son pouvoir sacré étaient en jeu. Et la dette à payer. Huit jours dans l'ombre, avec le souvenir de mes rêves qui me fuyaient. Le temps pour les sages de constater que je n'étais pas coupable et d'envoyer à la grande ville, loin, très loin, une sorte de mission, je l'ai compris plus tard, pour s'enquérir : comment, chez les jeunes gens de mon peuple, se font les demandes en mariage ?

Comment est habillé le jeune homme ? Et la fiancée ? Couchent-ils au préalable sous le même toit trois jours durant pour que l'union soit valable ? Tire-t-on des coups de fusil ? Qui paie la noce ? Ils se frappaient encore le front de leur main ouverte. Comment avaient-ils pu oublier l'essentiel à ce point ? Ne pas se soucier de leurs règles. Ni des miennes. Comment avaient-ils pu penser que, pour payer une dette, il suffisait d'enfermer dans une case un étranger de passage qui plaisait à la fille du roi ? Et qui lui plaisait semblait-il ? Il fallait tout reprendre depuis le début. Le roi, bien sûr, niait m'avoir poussé : il avait seulement trébuché sur le seuil.

XX

Tous étaient assis en rond autour du conteur. Le vent du soir apportait la rumeur de la mer et des dunes. Certains avaient posé leur turban à côté d'eux.

Écoutez bien, dit le conteur, la vérité est rusée, la vérité se cache. Il faut toujours la découvrir. Écoutez une histoire vraie pleine de sagesse, où l'évidence est trompeuse.

À la ville, la grande ville, quatre riches négociants s'étaient unis pour gérer en commun un dépôt de tissus, coton et soie. Mais les souris mangeaient leurs tissus. Alors ils avaient acheté en commun un chat, chacun une patte. Le chat courait après les souris, le négoce des tissus prospérait, les riches négociants étaient heureux.

Un jour, le chat se blesse à la patte avant

gauche sur une épine. Son propriétaire, le propriétaire de cette patte-là, lui met un petit pansement bien rembourré de coton. Rien à dire jusqu'ici. Mais le chat, comme tous les chats, adore regarder le feu et même jouer avec lui. Une étincelle jaillit, enflamme le coton du pansement. Hurlant de douleur, le chat bondit dans tout l'entrepôt y mettant le feu. Tous les stocks de tissus, y compris les soies les plus précieuses, partent en fumée. Catastrophe et faillite. Les propriétaires des trois autres pattes du chat accusent évidemment la patte enflammée et son propriétaire de les avoir ruinés. Logique. Une somme colossale est exigée. Et bien évidemment le propriétaire de la patte qui brûlait est condamné.

Ah, dit le conteur. Écoutez. Parce que l'histoire ne s'arrête pas là. Le propriétaire de la patte en feu fait appel à un très vieux sage qui s'intéressait à la vérité. Il dit : que la patte de ce chat ait été brûlante, c'était très dommage pour le chat et le propriétaire de cette patte. Mais si tout l'entrepôt a flambé, c'est parce que sur les trois autres pattes valides le chat a couru et bondi partout. Les vrais coupables de l'incendie et de la ruine sont donc les trois

65

autres pattes du chat. Et leurs propriétaires paieront un quart de la valeur totale du stock au propriétaire de la patte brûlante. Chacun s'inclina devant la grande sagesse de ce jugement. Le démon qui s'attache aux seules apparences et aux premiers sentiments s'enfuit.

Et les anciens, tout en cherchant l'un sa canne, l'autre son turban, l'autre son petit-fils, s'inclinèrent.

XXI

J'ai cru qu'ils m'avaient oublié. Et puis un soir j'ai essayé distraitement d'ouvrir la porte. Elle n'était plus fermée. Je suis sorti. Je n'ai vu aucun habitant. Mon bagage était prêt, devant la case, je l'ai repris. Et je suis parti. Le chien jaune errant avec une taie sur l'œil m'a accompagné un moment. Bien après j'ai compris qu'ils avaient fait une enquête à la ville et même à la grande ville pour savoir comment se mariaient les jeunes étrangers. Cela avait pris très longtemps. Elle était loin la grande ville et, comme dans le conte du miroir de la Vérité, le croissant de lune était devenu plus d'une fois pleine lune avant qu'ils puissent savoir et commander ce qui dans nos rites constituait l'appareil sacré du mariage. Et encore plus longtemps pour qu'ils reçoivent le colis. Des mois. Un an peut-être.

J'étais revenu à Paris et à mes études, j'avais soutenu ma thèse. J'écrivais des chroniques dans les journaux. Le soir, je sortais, comme on dit. Il y avait encore des bals à l'époque. La jeune fille à qui j'avais dit non s'était mariée heureusement. J'avais encore plusieurs fois dit non par peur de dire oui. Je disais non un peu mieux, c'est tout. J'apprenais. Le souvenir de la fille du petit roi de ce pays perdu, aux si beaux yeux rieurs, me revenait périodiquement avec des sentiments hésitants. Après tout, ce n'était qu'une aventure ratée dans une vie que je voulais totalement aventureuse et qui ne manquait pas de succès.

C'est par hasard — le décès inopiné d'un titulaire — qu'on m'offrit un poste permanent de grand reporter dans un journal très connu. Je repartis courir le monde, oubliant les préoccupations ethnologiques, avec comme principal souci celui de faire un bon « papier » et que la rédaction n'invente pas titre et soustitre hors de propos.

J'avais un nom, une situation, j'avais même été recruté dans un cabinet ministériel pour être chargé de la « communication », autrement dit de la gloire du ministre. Je m'étais marié, un coup de foudre. Parce que si distant et même méfiant de l'avenir que je sois, jamais je n'ai pu résister à la passion. *De partir.* De partir en voyage. Le mariage était un voyage. Je me souviens des images de ces noces comme si je feuilletais l'album familial, avec les demoiselles d'honneur en dentelles à l'âge du rire gloussé, les tantes qui vous inondent de baisers mouillés, les parents qui font cortège. Nous nous aimions. C'était très émouvant. Rien ne manquait (les deux familles avaient été jusqu'à échanger leurs arbres généalogiques...). L'oncle général et celui membre de l'Institut qu'on poussait en avant pour les photos. Et la liste des cadeaux de la bonne maison, et le voyage de noces où il convenait, en Sicile. Et nous, ma femme et moi, qui riions de bon cœur à la vie qui s'ouvrait en nous tenant par la main.

Les aléas de l'actualité me ramenèrent un jour dans le pays que j'avais aimé. En plus des trois jours de voyage officiel, j'avais au dernier moment décidé de rester trois jours de plus. C'était une erreur. J'avais pourtant appris au cours de divers reportages dans les maquis qu'il ne faut jamais revenir par le chemin pris à l'aller. La forêt n'oublie rien. Même le plus discret sentier garde votre trace et les sensitives plus ou moins fermées indiquent l'heure de votre passage. Le sable n'oublie rien. On se croit seul dans le désert et trois paires d'yeux vous regardent. Les souvenirs vous guettent. Le passé est une perpétuelle embuscade. La surprise, mais était-ce vraiment une surprise, fut que je retombai amoureux. Du pays. La fille du roi — si ce titre n'est pas trop absurde quand on connaissait le roi —, sa modeste case et ses deux douzaines de filles, la fille du roi m'attendait. Je n'avais pas oublié son vrai prénom, celui qu'on cache aux étrangers.

XXII

Il ne faut jamais se souvenir, dit le conteur. C'est encore plus dangereux qu'espérer. Avec l'espoir, on peut s'arranger. On peut lui dire : passe devant. Ou au contraire : attends un peu derrière. Avec les souvenirs, rien à faire. Ils vous tiennent par la main, la taille, la tête. Si vous faites un pas, ils font un pas. Si vous vous arrêtez, ils s'arrêtent. Il existe des jumeaux monstrueux qui naissent collés l'un à l'autre. Le souvenir est un jumeau monstrueux. Il ne vous lâche même pas la nuit. Si vous bougez dans votre sommeil, il bouge. Heureux celui qui n'a pas de passé.

Ce jeune homme qui était revenu avait un passé et nous aussi. Nous lui devions quelque chose. Pour nous avoir débarrassés d'un assassin sans nom qui ne nous appartenait plus et n'existait plus. Cet étranger était le vent et comme le vent il l'avait chassé. Oui. Mais on peut devoir quelque chose au vent.

Écoutez-moi bien, même si le bruit de la mer s'élève avec la nuit : nous lui devions un homme.

Nous avons cru, dit le conteur en baissant la voix, que nous pourrions payer notre dette en lui laissant prendre l'une des filles du roi, celle qui lui plaisait. Une femme pour un homme. Et il ne l'a pas prise. Aujourd'hui, le roi et nous tous, nous sommes comme ses esclaves, nous lui appartenons. Et nous lui appartiendrons tant qu'il n'aura pas accepté de nous un homme ou une femme : une vie. Selon nos rites et, s'il le faut, les siens.

XXIII

Il y a longtemps que j'étais parti. J'avais le cœur qui battait un peu au retour. Jamais je n'oublierai ce moment et cette image. Je suis entré dans le village qui paraissait désert. On entendait seulement un âne braire, un chameau blatérer. En silence, seul, comme un fantôme, je suis arrivé jusqu'à la maison du roi. La porte d'une case était ouverte. Je suis entré. J'ai entendu un bruissement de tissu. Un rideau s'est soulevé. La fille du roi qui avait un si joli nom m'attendait. Elle avait quitté les voiles et les lourds bijoux de son costume traditionnel. Elle portait une robe de mariée blanche en satin et tulle comme en France. Avec une traîne. Et des souliers blancs à talons hauts. Ce qu'ils avaient réussi à apprendre à la ville de nos rites et qu'ils avaient commandé au loin chez nous. Un an.

Elle s'est approchée et elle qui avait toujours marché pieds nus a trébuché sur ses talons. Je l'ai reçue dans mes bras, où je l'ai gardée. En la caressant, sous le satin de la robe longue, je sentais les boutons des jarretelles qui tenaient les bas. Elle avait mis des bas. Qui le lui avait appris ? Avait-elle en un an d'attente d'elle-même découvert les secrets de ces accessoires occidentaux ? J'étais si ému que je pleurais. Le mystère n'était pas de la retrouver ainsi en mariée dans cette case perdue de ce pays perdu. Il était de comprendre comment elle avait su s'habiller. Peut-être dans le colis commandé par les sages y avait-il des modes d'emploi avec photos de vêtements et sous-vêtements féminins de chez nous ? Ou peut-être que les femmes devinent toutes seules...

À l'aube, et pas seulement une fois, nous étions mari et femme. Ma voiture m'attendait. Je partis sans me retourner. Toute la population qui avait été si silencieuse et distante à mon arrivée, maintenant me saluait, criait de joie, battait des mains. Comme si je les avais libérés de quelque chose qu'ils n'avaient pas besoin de dire mais que je comprendrais un jour.

Et je suis revenu. Je m'arrangeais professionnellement pour pouvoir chaque année, à propos d'un reportage ou d'une visite officielle, passer quelques jours dans ma tribu, dans ce deuxième chez-moi qui était aussi réel, aussi chaud, aussi vivant que celui de France, même si personne n'avait décelé son existence. Bientôt j'eus un enfant, puis deux, dans mon pays d'au loin. Deux filles, jolies comme leur mère et aux yeux rieurs comme elle. Mais dans les enfants, on ne compte que les garçons.

XXIV

Il est revenu, bien sûr, dit le conteur toujours à voix basse. Il a épousé la fille du roi. Nos sages avaient eu raison d'apprendre les rites de son peuple. Maintenant il nous appartenait. L'orgueil, fils du succès, dévore son père. Nous avons commis une seconde faute.

Il y avait sur la côte une tribu de Noirs venus d'ailleurs et qui était sans doute les restes d'un convoi d'esclaves dont les maîtres arabes avaient disparu. Perdus entre deux mondes pour eux aussi hostiles l'un que l'autre, l'océan et le désert. Entre la première haute vague couverte d'écume qui se fracassait sur la plage et le sommet de la première dune, ils nomadisaient sur des dizaines, peut-être une centaine de kilomètres de long et quelques mètres de large. Pour boire, ils disposaient en carré quatre vastes pierres plates inclinées sous lesquelles on recueillait au matin l'eau de la rosée. Un demi-verre peut-être. Ils buvaient très peu. Ils se nourrissaient de poissons. Ils ne savaient pas construire des bateaux, mais avec les déchets de cordage rejetés par la mer ils fabriquaient de longs filets. Ils entraient dans l'eau en les tirant, mais ne pouvaient pas franchir la barre rugissante. Alors leur chef, qui était un sorcier comme eux tous, montait sur la dune et là, avec un long cri étrange et qui faisait peur, il appelait à l'aide les dauphins. Et les dauphins en bondissant venaient en demi-cercle les aider et poussaient les poissons à travers la vague de la barre, dans les filets. Quand la pêche était finie, le chef faisait le partage : moitié des poissons pour sa tribu, moitié pour les dauphins. C'est ainsi, dit le conteur. À leur façon, ils étaient justes.

Parfois, pour nous déplacer avec nos troupeaux, nous passions par le bord de mer, entre la première dune et l'océan. Le chemin était plus facile. Mais il fallait traverser leur territoire. Une fois il y eut un incident. Une femme fut bousculée. Un enfant tomba et

cria. Leur chef, à mi-voix, dit qu'il se venge-
rait.

Un soir, tard, l'un des notables de chez
nous (un chef de village respecté) alla voir
l'homme étranger (il n'était plus ce qu'on
appelle un jeune homme) qui était de passage comme tous les ans et habitait avec sa
femme une case à côté de celle du roi.

Il lui dit :

— Demain matin, avec les hommes de mon
clan, nous allons tuer tous ces sorciers noirs.

— Soit, dit notre ami étranger.

Et parce qu'il avait avec nous appris les
bonnes manières, il ne demanda pas la raison. On ne pose pas une question quand on
ne connaît pas la réponse. Cela ne se fait pas.

Et le notable de chez nous lui dit :

— Leur chef a transformé mon enfant en
petit mouton.

Et l'étranger qui était notre ami a dit :

— Ce n'est pas bien.

Et le notable a dit :

— D'autant plus que je n'ai qu'un enfant
(un garçon). Nous allons les tuer.

Et l'ami étranger a dit :

— Tu as raison. Mais laisse-moi d'abord y
aller.

Il y est allé, dans la nuit, sur la plage, dans la rumeur des vagues de l'océan qui s'écroulaient. Il a vu le petit garçon à quatre pattes qui, comme un mouton, essayait de brouter une herbe et bêlait. Et si on l'appelait comme un humain, il fuyait à quatre pattes. Et si on lui parlait comme nous parlons, il répondait en bêlant. Oui, leur chef sorcier avait fait ce qu'il fallait, avec les gestes et les rites, et le garçon l'avait cru. Il était devenu un petit mouton.

Alors notre ami l'étranger, qui avait épousé l'une des filles de notre roi, fit signe au chef des sorciers noirs. Et il lui dit :

— Transformer un petit garçon en mouton, c'est difficile, c'est vrai. Il faut beaucoup de soin, beaucoup de métier, être un grand sorcier.

Puis il laissa un long silence et continua :

— Mais transformer un mouton en petit garçon, c'est beaucoup plus difficile. Là, il faut être un *très* grand sorcier.

Puis il ne dit plus rien.

Et c'est le chef sorcier qui reprit :

— Il faut beaucoup d'ingrédients, et de temps, et de plantes, et de bois pour le feu.

— Oui, dit notre ami étranger. Je l'ai dit

moi-même. C'est très difficile. On pourrait dire coûteux.

— Très coûteux, dit le chef sorcier.

Notre ami étranger avait un véhicule tout-terrain qu'il prenait pour venir chez nous et laissait à l'aéroport en partant. On le gardait un an s'il le fallait à sa disposition. Le chef sorcier lui dit :

— Si j'avais un 4 × 4 comme celui-là, ça m'aiderait pour ramasser les plantes et le bois.

Il y eut de nouveau un très long silence.

— Je peux te le prêter. Quand je ne suis pas là. Mais il faudra venir me chercher à l'aéroport. Comment sauras-tu que je suis à l'aéroport ?

— Ça, c'est mon affaire, dit le chef sorcier noir. Je sais savoir.

Et ils se cognent les épaules en signe d'accord. Voilà, dit le conteur. Et le chef sorcier fit et dit ce qu'il fallait et le petit garçon se releva, parla, embrassa son père et oublia même qu'il avait été un mouton. Et le sorcier était chaque fois à l'aéroport le bon mois, le jour exact, à l'heure due. Comment savait-il ? Il avait dit : c'est mon affaire.

Mais nous, nous avions de nouveau une

dette énorme envers notre ami. Est-ce que nous lui devions un véhicule 4 × 4 d'occasion pour avoir sauvé l'enfant du chef de village ? Ou le prix d'un enfant, fils de chef de village, une vie ? Et de tous les hommes d'une guerre évitée ? Beaucoup de sages se posaient la question. Le prix, c'est clair, n'était pas le même. Mais, c'était clair aussi, dit le conteur en baissant encore la voix, nous ne pouvions pas rester sans lui donner ce que nous lui devions. Une seconde fille du roi ? Il ne voulait pas. Il nous dit qu'il aimait celle qu'il avait. Ainsi parlent les étrangers. Pourtant, celle qu'il avait ne lui donnait que des filles.

Et le conteur but un peu d'eau que lui apporta un enfant dans une coupe de bois.

XXV

Je suis reparti en France. Le chef sorcier noir m'accompagna jusqu'à l'aéroport, conduit par un de ses esclaves enturbanné qui avait été chauffeur mécanicien dans l'armée française et qui le ramènerait en voiture. À Paris, il tombait un mélange de pluie et de neige. Le métro était en grève. Les taxis étaient pris d'assaut. Dans les queues pour les autobus, on râlait contre le gouvernement, les syndicats, les resquilleurs. J'avais un papier urgent à écrire sur ma dernière rencontre avec un chef d'État. C'était le patron d'un satellite communiste qui me fit un cours sur le sens de l'histoire et la victoire inéluctable du marxisme scientifique.

Au dîner avec ma femme, nous avons discuté pour savoir quel couple ami nous inviterions en croisière pour les vacances d'été. L'un de nos enfants ne « mordait » pas aux maths, comme disaient autrefois les professeurs. Ma femme avait en vue une répétitrice. Qui allions-nous inviter à dîner avec les Charles-André ? Le ministre ? Et un journaliste sûrement. Rencontrer un journaliste n'est jamais pour eux du temps perdu. Mais j'étais déjà là. Plutôt un littéraire, un membre de l'Académie française. Les politiques rêvent tous de rester comme écrivains. Il y avait aussi un problème de chauffe-eau à la campagne. En général, toutes ces questions de gestion de notre vie, c'est ma femme qui s'en occupait et fort bien. J'avais réussi à faire admettre plus ou moins que j'étais inefficace. Trop souvent en voyage et la tête ailleurs... Ce n'était pas totalement faux.

Chacun sa vérité. J'ai organisé ma vie dans le mensonge. Quand je quittais ma tribu lointaine, personne ne me demandait où j'allais et quand je reviendrais. Personne en France, y compris ma femme et mes enfants, ne se doutait (du moins je le pense) que dans mes perpétuels voyages professionnels, il y avait une escale un peu particulière avec un autre paysage, une autre langue, une autre famille.

Personne dans ma carrière ne mettait en doute mon professionnalisme de grand reporter. Assez vite, je fus spécialisé dans les entretiens avec les chefs d'État. J'ai dû en interviewer, en tête à tête, une douzaine. Un, une fois seulement, s'est douté qu'en le quittant je ne rentrais peut-être pas directement à Paris. Mais j'avais fait l'erreur d'évoquer avec lui la nouvelle si célèbre de Kipling, *L'homme qui voulut être roi*. Et puis il était d'origine chinoise et les Chinois savent tout. Ils ne le disent pas toujours. Je me souviens d'un collègue de la presse demandant à Chou En-lai : « Quelles sont d'après vous, monsieur le Premier ministre, les conséquences actuelles de la grande révolution française de 1789 ? » Chou En-lai, joignant ses longs doigts de mandarin, parut réfléchir un moment et dit : « Les conséquences actuelles de la grande révolution française de 1789 ? Il est un peu tôt pour se prononcer. » Et moi, j'ai compris que mon interlocuteur savait, parce qu'il joignait ses longs doigts de mandarin et dit : « Ceux qui ont voulu être roi, comme dans la nouvelle de Kipling, ont toujours mal fini. Et, semble-t-il, pour des questions de femmes. Il doit être plus facile de vouloir être reine. »

XXVI

Le modeste roi de ma tribu mourut. Le bruit me parvint par une vague rumeur, sans autre commentaire. Puis on me dit qu'il s'était laissé mourir tant le poids de sa dette l'étouffait, comme s'il avait perdu sa liberté et portait un carcan au cou. C'est lourd, une vie à payer. Il se passa bien deux ans avant que j'aie pu revenir. Et quand je revins, on se courbait sur mon passage et on me baisait l'épaule. La foule m'attendait. Sur trois marches branlantes un vieux fauteuil était installé, un parasol de plage récupéré était brandi. On m'a conduit à ma place, entre la terre et le ciel. Le conseil des anciens m'avait choisi pour roi.

À l'unanimité : dans ces peuples plus civilisés que nous, il n'y a pas d'autre décision qu'unanime. Ce qui intéresse la communauté doit être accepté par la communauté. Après de longues palabres, un ancien à la barbe grise l'exprime. Et chacun approuve. La discussion en ce qui me concerne n'avait pas été longue. Chez eux la règle de primogéniture n'existe pas. Il suffisait pour succéder au roi d'être de la vaste famille du roi. J'étais son gendre, pouvait-on dire. Et surtout, par rapport à un « descendant » local, j'avais cet avantage de n'appartenir à aucun clan, de n'être pas d'une épouse plutôt que d'une autre, d'être sans lien particulier avec une tribu : j'étais neutre. La tâche première du roi était, comme partout, de dire la justice (la main de justice fut pendant des siècles le sceptre de nos souverains en France). Comme les arbitres aveugles des droits de l'eau, j'étais par origine une sorte d'aveugle. Oui, bon pour la justice. Je fus nommé roi. Mon cœur était pris. Et ma femme, la douce Aube, devint reine. Mais déjà ce mot-là, c'était du vocabulaire d'étranger. On ne l'employait pas plus que la reine n'aurait eu l'idée de se mettre une couronne sur la tête.

Elle me donna un troisième enfant, encore une fille. Les anciens hochaient la tête avec inquiétude. Mais je rendais si bien la justice qu'ils ne pensaient pas encore mettre en doute mes pouvoirs. En fait, quand ils se doutaient que je pourrais ne pas être d'accord avec leur coutume, ils ne me demandaient pas mon avis. C'était assez sage de leur part. Je crois que j'avais aussi pris leur cœur.

Il y avait dans le village un lépreux qui arrivait à un stade avancé de la maladie. Les lépreux au début ne gênent pas. Il y a tant de maladies de peau que la lèpre ne paraît pas pire qu'une autre. Mais quand le malade commence à perdre ses doigts, son nez, toute figure humaine, sa présence n'est plus supportée. On le chasse. Ce lépreux-là revenait chaque fois. C'était son village, sa famille. Son foyer. Il voulait rester chez lui. Il avait le droit pour lui.

Les anciens qui ont des barbes grises se concertèrent à voix basse. Comment se débarrasser définitivement d'un homme qui vous gêne, mais sans prendre la responsabilité d'un changement du nombre des hommes et du monde tel qu'il est, c'est-à-dire le tuer ? Pendant que j'étais en tournée dans un campement assez éloigné, ils passèrent à l'action. Sous un prétexte tout à fait naturel, qui pou-

vait paraître parfaitement justifié, ils l'invitè-
rent à un enterrement. L'enterrement chez
eux est une grande fête en l'honneur du
défunt. On boit beaucoup d'alcool de palme,
même si la loi l'interdit formellement. La loi
aussi parfois sait sinon être aveugle, plutôt
regarder ailleurs.

Quoi de plus normal que d'inviter un habitant du village à une fête villageoise ? D'ailleurs, on ne poussait pas le lépreux à boire.
Seulement il y avait toujours à boire devant
lui. Vite, il est ivre et sombre dans un sommeil profond. Alors une équipe du village
creuse une fosse de deux mètres de profondeur à ses pieds, plante un pieu à côté de sa
tête. Creuser une fosse, planter un pieu ne lui
font aucun tort. Puis on lui passe un nœud
coulant délicatement autour du cou, sans ser-
rer, qu'on attache au pieu. Un nœud qui ne
lui fait aucun mal. Une corde qui ne lui fait
aucun mal. Un pieu qui ne lui fait aucun mal.
Et quand le lépreux commence à se réveiller,
à se tourner d'un côté et de l'autre, il tombe
dans la fosse, se pend et meurt. Qui est res-
ponsable de ce changement du monde, sauf
lui, qui n'est plus ?

XXVII

En rentrant de ma tournée, j'appris la mort du lépreux en même temps que je recevais un message de Paris transmis de relais en relais depuis la capitale. Ma première surprise était qu'on savait où me trouver. La seconde était l'objet du message : on comptait sur moi pour être en bonne place sur une liste pour les élections européennes à venir.

Je ne m'étais, ni de près ni de loin, jamais occupé des affaires européennes. Ma spécialité était l'interview à haut niveau avec les chefs d'État qui, à défaut d'être puissants, étaient au moins pittoresques et à ce titre attiraient les lecteurs. J'avais rencontré plus souvent le Bulgare que l'Américain. Alors, pourquoi figurer sur cette liste ? Je le compris en arrivant. J'avais été bon il y a quelques mois dans deux émissions de télévision, qui n'avaient rien à voir avec l'Europe. L'une : « Faut-il supprimer les prix littéraires ? » L'autre : « Peut-on parler d'un réveil de l'islam ? » Si j'étais bon sur le Goncourt et le Coran, pourquoi pas sur l'Europe ? Ainsi travaillent les médias et les politiques gouvernés par eux. Va pour l'Europe.

À mes voyages lointains succédèrent les tournées en province. Mes emplois du temps étaient surchargés. Il fallait coller des feuilles supplémentaires. Combien ai-je coupé de rubans tricolores ? Je ne peux même pas l'imaginer. Discours, interviews, colloques, manifestations. J'appris à connaître les notables dont la place est sur l'estrade, les associations dites représentatives, les anciens, actuels et futurs candidats. J'intervenais en public comme je raconte en privé : assez naturellement. Un vieux sénateur me donna un double conseil :

1. Il faut dire du mal de l'adversaire, cela fait toujours plaisir à entendre.

2. De temps en temps il faut forcer la voix. On signale ainsi le moment des applaudissements.

J'avais pris une autre leçon. Tout le monde

se fichait complètement du but de l'élection et des problèmes européens. Le public était venu à un spectacle, il fallait lui donner du spectacle. Si je parlais de mes aventures en Asie pour sauver les *boat people,* moment d'émotion, ou si je racontais la dernière « bien bonne » qui courait au Liban sur l'aide soviétique et qui faisait rire, c'était gagné. De plus, ils avaient la satisfaction de contempler en chair et en os quelqu'un qu'ils avaient vu à la télévision. Que demander encore ? D'ailleurs, on me réclamait de nouveau à la télévision.

J'étais en sixième place, honorable mais non éligible. Les appareils des partis s'étaient servis de moi pour faire un ou deux points supplémentaires qui assurent l'élection de leurs protégés. L'un devint ministre adjoint quelque part, et démissionna. Un autre, sénateur, mais frappé par le cumul des mandats (il était déjà président du conseil régional, premier vice-président du conseil général, maire et président de l'association des maires...), il abandonna l'Europe. Et je me retrouvai à Strasbourg au Parlement européen. J'avais la réputation d'aimer la littérature et les voyages. On me proposa une fonction où je n'aurais aucune chance de briller et donc de nuire à mes collègues, *le contrôle budgétaire*. Je devins rapidement un spécialiste du contrôle budgétaire, non seulement chez les six États fondateurs, mais en Finlande, au Paraguay, au Japon. Je faisais autorité, et je voyageais. J'en profitais chaque fois pour faire escale dans mon royaume au loin.

Chaque député européen avait droit à une assistante payée par la Communauté. Je choisis au hasard dans la liste considérable des candidats et candidates. Mon doigt avait eu de la chance. Son CV était parfait : agrégative de lettres modernes, anglais et allemand courant, stages de haut niveau dans des sociétés de communication. Elle était de surcroît gaie et agréable à regarder. La deuxième fois que nous prîmes ensemble le train pour Strasbourg, le chauffage marchait mal et (nous étions seuls dans le compartiment) elle étendit son vaste manteau de fourrure sur nous deux. Puis elle plongea, tête en avant sous la fourrure. Ce fut un plaisir délicieux que le mariage méconnaît parfois et que le tiers-monde, si pudique, refuse le plus souvent. Une liaison, comme on dit, était née.

En plus, elle classait les papiers, notes, circulaires, feuilles d'impôts, rapports, lois, comptes rendus, lettres personnelles, avec une compétence amusée tout à fait exceptionnelle et dont je lui étais profondément reconnaissant, ayant toujours manqué de l'ordre le plus élémentaire. Non seulement cette vie à trois ménages que je menais désormais n'était pas devenue insupportable d'hypocrisie et de complexité, au contraire elle était, pour moi, avec sa division du travail et des plaisirs complémentaires, d'une grande souplesse. J'étais salué par la presse et même par mes collègues pour mon efficacité.

XXVIII

Les étoiles pâlissaient. La nuit tirait vers sa fin. Alors, dit le conteur, après la disparition du lépreux, notre roi étranger qui était maintenant un homme d'âge mûr commença à nous inquiéter. Il n'était plus tout à fait le même. La fille du roi avait vieilli plus que lui. Ainsi les années n'ont pas la même longueur pour tous et c'est bien la plus lourde injustice de ce monde. Et puis elle n'avait eu que des filles. Et puis ses traits s'étaient empâtés et elle ne riait plus. Moins il s'intéressait à elle, plus elle grossissait. Puis elle lui faisait des reproches, à lui, sur la façon dont il s'habillait ou sur ses cheveux qui tombaient, plus elle se plaignait de ses absences, plus il était irrité. Les règles du jeu, depuis le début, n'étaient-elles pas suffisamment claires ? Rien de pire pour une femme qu'un mari avaricieux, dit-on. Rien de pire pour un homme qu'une femme acariâtre, dit le conteur.

Alors elle fit une erreur, une grave erreur. Sans doute pour capter de nouveau son attention plus que par vraie attirance, elle s'afficha avec des jeunes gens. Plusieurs jeunes gens. On raconta qu'elle les couvrait de cadeaux sans se cacher. Chez nous, vous le savez, les histoires de rapports entre hommes et femmes ne donnent pas lieu à de grandes œuvres littéraires comme chez les étrangers. D'ailleurs nous n'avons pas de littérature. Et le châtiment de l'adultère est simple.

La première fois qu'une femme trompe son mari, elle est considérée comme innocente, sa naïveté a été abusée et c'est l'amant qui est puni du châtiment des voleurs : trente coups de bâton. La deuxième fois qu'une femme trompe son mari, elle ne peut plus être présumée naïve et c'est elle qui reçoit le châtiment : trente coups de bâton. La troisième fois qu'une femme trompe son mari, il commence à embêter tout le monde, celui-là, avec ses ennuis conjugaux, il n'a qu'à mieux s'occuper de sa femme. Et c'est le mari qui reçoit les trente coups de bâton.

Mais jamais, jamais, un tel châtiment n'avait été appliqué ni à la fille du roi ni à son époux qui représentent, mieux : qui *sont* la tribu. Les anciens s'interrogeaient du regard, en silence.

Il venait moins souvent, notre roi. Parfois on ne le voyait pas pendant plus d'un an. Il semblait peu à peu redevenir un étranger. Parfois il nous regardait avec des yeux étonnés, comme il regardait sa femme vieillie, comme s'il se demandait pourquoi il était ici et qui nous étions. Mais cela n'était qu'un nuage qui passait dans le ciel de ses yeux clairs. Il jouait avec ses trois filles, il rendait bien la justice, il retrouvait sa place. Nous avions partagé le même cœur.

XXIX

À Paris, je retrouvais ma femme, mes enfants, mes amis. Revenais-je d'un autre monde ? Mais celui qui la nuit rêve qu'il est roi, à l'aube revient aussi d'ailleurs, Calderón l'a si bien dit. Je n'étais pas gêné. On me disait : alors toujours en voyage ? Et je répondais avec le plus grand naturel : « L'homme est un voyageur. » J'étais chaleureux avec un peu de mystère. Comme si j'avais emporté dans mon cœur un peu de ce cœur au loin.

Mes emplois du temps de cette époque sont si surchargés que j'ai peine à croire que je pouvais aussi aisément passer d'un continent à l'autre.

8 h 30. Petit déjeuner de travail avec la presse anglaise (*Guardian, Financial Times,*

Observer) sur les problèmes de l'élargissement de l'Europe.

10 h 00. Délégation du syndicat des constructeurs automobiles français qui veulent empêcher la modernisation des pots d'échappement décidée à Strasbourg.

11 h 00. Inauguration du nouveau pont sur la Loire. Discours. Vin d'honneur.

12 h 30. Déjeuner avec les anciens pompiers bénévoles. Apéritif républicain. Plateau-repas dans la voiture.

14 h 00. Assemblée nationale. Comité de coordination de la majorité. Problème de l'harmonisation de la TVA.

14 h 30. Réunion au Sénat sur les rapports Départements, Régions et le plan routier.

15 h 15. Colloque à la fondation Tocqueville : le reporter est-il d'abord un écrivain ou un journaliste ? Le texte est prêt.

16 h 30. Groupe. Désignation d'un vice-président pour la commission fiscale d'aide au développement culturel. Voir avec mon assistante si j'ai une chance.

17 h 30. Thé au Flore avec ma fille qui cherche un emploi.

18 h 00. Remise de mon manuscrit sur l'idée européenne chez les poètes français du

XIXe siècle à mon éditeur. La question de l'avance n'est pas réglée.

18 h 45. Conférence au Cercle de l'Union : « L'Afrique a-t-elle un avenir ? »

20 h 15. Dîner avec ma femme chez ses cousins.

22 h 00. Départ en avion pour Strasbourg. Mon assistante aura le dossier pour le lendemain matin et les projets à soutenir.

On pouvait penser que dans mon agitation n'avaient d'importance que mes activités professionnelles. Ces agendas sont menteurs, menteurs par omission. Ils ne marquent pas tout le temps où on espère et où on attend. Ils n'ont pas d'images, pas d'illustrations. J'aimais, j'aime ma femme et mes enfants. Je pensais à eux. Je le dis sans aucun cynisme. Nous avions tant de souvenirs en commun. Tant de liens. Je n'aurais pas pu me passer d'eux. Tout navire doit porter à sa poupe le nom de son « port d'attache ». Je naviguais, mais j'avais gravé à l'arrière de ma coque un port d'attache.

De temps en temps dans la journée, comme un barreur solitaire qui ferme les yeux et prend une minute de repos entre deux lames, je pensais à mon lointain royaume. Les astronautes peut-être rêvent ainsi. On me demandait parfois : Où es-tu ? Dans la lune ? Et je disais : Oui. Vive la lune. Mais il n'y a pas de vie sur la lune.

XXX

Ah, dit le conteur. Le drame vint. Comme il vient toujours, quand on ne l'attendait pas. Une fois par an il y avait une grande fête. Chacun avait des habits propres, les femmes tintaient du bruit de leurs bijoux. Il y avait des courses de chevaux et de chameaux où les jeunes gens brillaient. Le tambour et les trompes ne cessaient pas de la journée, et ces flûtes aiguës qui marchent en tête des combattants dans les guerres et qui excitent tant tous les sens. À cette occasion, notre roi jugeait, solennellement, sur son vieux fauteuil rehaussé de trois marches et sous son parasol de plage. Le protocole, les usages, les applaudissements de la foule, le rang des notables, tout était respecté.

À la fin, la nuit tombait, un plaignant se

présenta. Après toutes les salutations d'usage, il accusa un de nos notables, un grand chef de village, de lui avoir volé une vache. Qu'est-ce qu'une vache par rapport à la paix et à l'ordre du monde ? C'est la paix et l'ordre du monde. Le chef de village nia, avec fermeté et dignité. Mais ce pauvre nomade insista, évoqua les témoignages, voulut donner des preuves. Le chef de village niait toujours, avec violence maintenant. Pour une vache, l'autorité contestée, la tribu déchirée ? On attendait le verdict du roi. C'était simple, pourtant. En achetant sur ses biens une vache au riche notable et en la donnant au pauvre nomade, il aurait eu toute l'opinion en sa faveur, les grands comme les petits, les puissants comme les faibles. La paix et l'ordre du monde auraient été sauvés. Et la justice ? Et la vérité ? J'ai dit la paix et l'ordre du monde. Non. Il semblait être ailleurs, celui qui avait été le jeune homme qui avait pris nos cœurs. Ses oreilles ne nous entendaient plus. Ses yeux ne nous voyaient plus. Il pensait à quoi ? À quoi, qui était très loin ? Le silence du peuple qui attendait son jugement était si lourd qu'il parut jeter un poids de ses épaules et enfin parla. Au lieu de dire ce que nous attendions tous, comme doit le faire un roi, d'une voix dure que nous ne lui connaissions pas et qui semblait venir d'ailleurs, il déclara :

— C'est une parole contre une parole. Seul Dieu peut trancher. Jugement de Dieu.

Bien sûr nous connaissons et pratiquons le jugement de Dieu : quand il y a une parole contre une parole. Mais là, c'était celle d'un chef de village, et tous les notables craignaient pour leur autorité. C'était celle d'un pauvre nomade, et tout le peuple espérait non un triomphe, mais au moins avoir été écouté. Il y eut une longue rumeur que les tambours, les trompes et les fifres eurent du mal à couvrir. Il fallut se rendre au bord de l'océan. Pour le jugement de Dieu, vous le savez, le plaignant et celui qui s'oppose à lui doivent plonger dans l'eau et rester sous l'eau. Le premier qui sort la tête pour respirer est jugé coupable et condamné. C'est la loi de Dieu et notre loi.

Dans le cercle des auditeurs, chacun connaissait cette histoire. Mais la réentendre, avec les détails, était un grand plaisir. Le conteur en profita pour faire circuler un très jeune danseur et les vieux lui collaient sur le front une pièce d'argent humectée de salive.

Ah, reprit le conteur. L'océan était calme. C'était comme s'il nous attendait. Le pauvre nomade qui réclamait une vache entra dans l'eau, respira longuement, et puis plongea sa tête jusqu'à ce qu'on ne le voie plus. Le chef de village, lui, s'avança jusqu'à ce que les courtes vagues lui lèchent les pieds, montra à tous sa canne, signe de son pouvoir, la brandit en l'air, et dit d'une voix forte :

— Cette canne royale, c'est moi. Si je la trempe dans l'eau, c'est moi que je trempe dans l'eau.

Et il trempa sa canne dans l'eau jusqu'à la faire disparaître.

Deux aigles pêcheurs planaient dans le ciel. Furent-ils attirés par la bague d'argent autour de la canne du chef de village qui, dans l'eau, pouvait passer pour le reflet d'un poisson ? Personne ne le sait, dit le conteur. Ce que chacun put voir, ce sont les deux aigles qui piquaient comme une double flèche vers le roi de ce village. Et il eut le geste, comme nous l'aurions tous eu, de lever sa canne pour se protéger des aigles. Il l'avait sortie de l'eau. *Il était sorti de l'eau.*

Alors notre roi et la foule constatèrent qu'il était coupable. On sauva le pauvre nomade qui était à demi noyé. Il aurait sa vache, plus deux vaches de frais de justice. Dans la foule qui se dispersait lentement, les notables étaient soucieux. Mais Dieu avait parlé. Le peuple se baissait jusqu'à terre pour saluer notre ami étranger qui avait laissé parler Dieu.

XXXI

Qui étais-je, pour avoir osé juger ? Cette tribu, qui m'avait choisi, je l'avais coupée en deux. Cette fille de roi aux traits empâtés, aux yeux tristes, était-elle vraiment ma femme ? L'avais-je vraiment aimée ? Et ce peuple, ces troupeaux, ce désert, cet océan, tout ce royaume au loin existait-il ? Sûrement, j'allais me réveiller et me retrouver dans le train ou l'avion entre Paris et Strasbourg. Je négligeais mes devoirs. Certains, croyant bien faire, m'offrirent des jeunes garçons. Quand je voyais ma femme lointaine, j'avais des remords envers elle et j'étais hargneux. Alors elle pleurait. Il faut beaucoup de savoir-faire à une femme pour qu'elle ne s'enlaidisse pas en pleurant. Elle n'avait pas de savoir-faire.

C'est moi-même peut-être qui l'encourageais à des liaisons passagères qui devenaient publiques. Je crois que j'avais perdu la tête. Tous les deux, je l'ai dit, nous étions au-dessus de la logique si simple des coups de bâton. Un notable qui n'avait pas pardonné le jugement de Dieu par l'eau mais ne songeait pas à s'en plaindre, ni à Dieu ni à l'eau, répandit la rumeur qu'il n'était pas tolérable pour la tribu d'avoir un roi aussi évidemment trompé par sa femme. L'hostilité se grossissait de mes absences injustifiées, du fait que je n'avais que des filles, du manque d'attention, c'est vrai, que je marquais parfois envers mon royaume. Depuis le procès du chef de village et du pauvre nomade, depuis cette malheureuse histoire de vache que deux aigles pêcheurs avaient si bien jugée à ma place, je me prenais un peu pour Dieu. Au-dessus des autres. À part. Intouchable. Le peuple était avec moi. Mais les peuples n'ont jamais fait les révolutions. Seulement les notables.

Ils m'ont eu par ma femme.

J'ai dû repartir en France pour prononcer à Strasbourg un important discours : « Contrôle budgétaire et démocratie ». Il se trouve que la démocratie telle que nous la connaissons est née en Angleterre du contrôle budgétaire. Mon assistante m'avait préparé une documentation impeccable. Il se trouve aussi que les affaires budgétaires étaient au centre du conflit institutionnel entre Commission, Conseil, États membres. J'allais un moment être l'arbitre de ce vaste débat. Peut-être pourrais-je un peu faire progresser la construction européenne. On veut toujours être le roi. De quoi, de qui, peu importe.

XXXII

Comment se débarrasser d'un roi ? demande le conteur. C'est moins facile que d'un lépreux. La nuit va finir bientôt, et avec elle la triste histoire de celui que nous avons tant aimé. Les temps changeaient. Entre nous, nous l'appelons le temps du grand trouble.

D'abord de nouveaux Occidentaux arrivèrent qui voulaient, disaient-ils, établir une base chez nous. Ils avaient payé très cher. Mais leur monnaie changeait de valeur. Comment compter ? Nous préférions les thalers d'argent de Marie-Thérèse qui ne changent pas de valeur. Ils plantèrent des clôtures en grillages et barbelés qui arrêtaient les papiers et les sacs que le vent de mer fait voler. Les chèvres et les chameaux comme partout s'approchent pour manger les papiers et les sacs.

Et ces nouveaux étrangers tuèrent les chameaux en disant « que c'étaient peut-être des
chameaux kamikazes avec une bosse piégée ».
Nous ne comprenions rien à tout cela, mais
nous étions très mécontents parce qu'ils tar-
daient à payer les indemnisations qui nous
étaient dues. Quand nous disions dix-sept
chameaux, ils répondaient : « Il n'y en a eu
que deux de tués et un de blessé. » Et ils
payaient seulement pour deux et demi. Est-ce
qu'on se conduit ainsi entre amis ?

Nous aurions eu besoin de notre roi. Il
savait faire avec les autres étrangers aussi bien
qu'avec nous. Mais il n'était jamais là. Nous
étions si loin. Nous avons demandé à être
reçus par le chef des étrangers. Nous avons
bien sûr mis tous les problèmes sur le dos de
nos voisins. Au retour notre envoyé nous a dit
sur son ton le plus grave :

— Les temps difficiles sont venus. Ces nouveaux étrangers, ils ne s'intéressent même
plus à nos calomnies.

Je ne raconte que ce que vous connaissez
déjà, dit le conteur en regardant le ciel qui
changeait peu à peu de couleurs. Quel
conteur oserait inventer ? Qui oserait changer
le cours des étoiles ou décrire une fois pour

toutes la forme des nuages ? Pour se débarrasser du roi, il fallait qu'il n'ait plus d'attache chez nous, il fallait se débarrasser de la reine. Et pour se débarrasser de la reine, il fallait une vie. Un homme ou une femme dont le jour serait venu. Il ne fallait pas se tromper de jour.

Il y a très longtemps un grand chef militaire français avait fait venir un avion pour nous impressionner. Les pères de nos anciens se souviennent. Le pilote a décollé, volé, fait des glissades aériennes puis est revenu se poser. Et le chef français a demandé au plus valeureux de nos chefs :

— C'est un avion à deux places. Veux-tu voler avec le pilote ?

— Non.

— Mais pourquoi, tu es renommé pour ton courage.

— Non.

— Mais tu es aussi un pieux musulman, tu sais que ton jour est fixé par Dieu.

— C'est vrai, je suis un guerrier très courageux et très pieux. Mais justement, ce serait dommage que ce soit le jour du pilote et pas le mien.

Et tous les assistants s'inclinent pour saluer la vérité de Dieu. Pour notre roi ce serait le jour de sa femme, et le sien.

XXXIII

Au départ, en sortant de ma case royale, je chassai d'un mouvement d'épaule une sorte de malaise que je sentais naître. J'eus l'impression un moment que la musique tribale qui traditionnellement accompagnait mon départ vers la ville et l'aéroport avait quelque chose d'un peu excessif. Les tambours résonnaient trop bas, les fifres sifflaient trop haut ? Un instant, je pensai : ils jouent comme s'ils jouaient pour la dernière fois. Et puis d'un autre mouvement d'épaule, je chassai cette pensée. C'était mon peuple lointain.

Est-ce que je les aimais moins ? Est-ce que je suis incapable d'aimer longtemps ? Est-ce que le pittoresque ne lasse pas très vite, et le folklore et d'une façon générale l'étranger ?

Est-ce que loin, ce n'est pas inéluctablement *trop* loin ou *pas assez* loin ?

Quand je suis revenu, à mon oreille les tambours résonnaient encore plus bas et les fifres plus aigu. Je sentais bien qu'il leur fallait une sorte de victime expiatoire. Les temps avaient changé. Peut-être que quelqu'un m'abattrait un soir dans une ruelle. Peut-être serais-je empoisonné. Ils avaient pour le poison une technique lente, mais irrémédiable et qui ne permettait pas d'accuser qui que ce soit. Nous marchions tous, et moi le premier, pieds nus dans des sandales découvertes. Dans le cuir du talon ils plaçaient une très fine lamelle de poison. Et comme tous nous avons des écorchures à la peau du talon, à chaque fois que nous marchions, lentement le poison s'infiltrait. Peut-être que l'exécution avait commencé. Il n'y avait qu'une solution : changer de sandales toutes les semaines. Mais cela aurait été comme faire goûter mes aliments. Montrer la peur de mourir tue.

XXXIV

Mon père, dit le conteur en regardant le ciel, mon vieux père s'était engagé dans les troupes françaises, le corps d'élite le plus prestigieux, la Légion étrangère. Après dix-huit ans de service, il s'est retiré au pays, vous l'avez connu, comme caporal-chef. Pour nous, griots et conteurs, gens de peu ou de rien, c'était être sorti des origines de famille, des castes, des clans. On l'appelait chef. Il en était très fier. Il comptait bien rester ici, dans le désert, où il avait été recruté. Il s'est retrouvé en Indochine. Un pays loin, très loin, d'horreur, que vous ne pouvez même pas imaginer. Une forêt immense, comme plusieurs étages de maisons, qui cache la lumière du jour. La pluie qui tombe sur vous comme si on vous plongeait dans la haute vague qui claque au bord de l'océan. Des bêtes féroces partout, surtout des petites qui mordent et empoisonnent, des insectes, des serpents, des lézards qui s'accrochent au plafond et vous appellent sept fois de suite. L'humidité est si forte que personne ne peut garder de chaussures. Même les officiers blancs marchaient pieds nus dans l'eau noire des forêts inondées. Sous le pied nu, on sentait la piste, plus dure, et le mur de la forêt s'ouvrait devant vous.

Dans leur bar, le soir, les vieux légionnaires, en buvant leur bière et leur pastis, racontaient aux jeunes. Les jeunes, c'étaient presque tous des Allemands, des enfants perdus qui n'avaient plus ni maison, ni famille, ni patrie. Chez eux, en Europe, ils ne savaient plus où c'était. Chez eux, c'était la Légion. Et les vieux leur parlaient de la guerre au Maroc, dans le Rif, où un grand chef berbère avait battu les Espagnols et où les troupes françaises avaient été appelées à la rescousse. Du rififi, on disait.

On racontait encore à la popote du temps de mon père que les militaires français qui changeaient de camp pour aller dans le Rif étaient traités comme des princes. Les simples soldats étaient nommés sergents, les sergents lieutenants ou capitaines. L'artillerie, les transmissions, tout ce qui est la guerre moderne, le chef marocain le leur confiait. Et les déserteurs étaient nombreux, surtout ceux qui avaient fait une bêtise et craignaient la punition.

En Indochine, disait mon père, les jeunes légionnaires allemands rêvaient. Ils se demandaient secrètement si ça ne serait pas mieux en face. Et parfois ils économisaient sur le sucre du café, le biscuit du petit déjeuner, et ils se lançaient dans la forêt pour passer de l'autre côté. Il y en avait trop qui rêvaient et essayaient. La Légion avait décidé, pour que chacun réfléchisse vraiment, que si un déserteur était repris, il n'y aurait pas de procès, pas de jugement, il serait abattu sur place. Pas de retour. Mais la première punition, c'est ce qui les attendait de l'autre côté. Ce n'était pas un grand seigneur marocain qui les attendait. C'étaient des communistes asiatiques. Je n'essaye même pas de vous expliquer. Ils étaient traités comme des chiens. Et maintenant ils rêvaient des copains, des coups à boire et à raconter. Ils voulaient revenir « chez eux ».

Un jour il y en a un qui avait déserté et qui

a quand même décidé de rentrer chez lui. Il a attendu des mois pour bien connaître le parcours des sentinelles autour du camp des Viêts où il était quasi prisonnier. Il a repéré celui du chef du camp qui tous les soirs faisait son inspection. Il a enlevé un pied en fer de son lit de camp et l'a aiguisé pendant des mois sur une pierre pour en faire un poignard. Et un soir, il s'est jeté sur le commandant, l'a égorgé, et s'est lancé dans la forêt et la nuit comme on se lancerait dans la mer. Pourquoi je vous raconte à vous ce soir tout cela, qui est d'un autre monde, d'un autre temps ? La loi reste la même partout, toujours. Un homme pour un homme.

C'est mon père le caporal-chef qui l'a entendu le premier. Dans la forêt, on ne voit pas à vingt pas. Il a entendu une sorte de bruissement de feuillage et comme un râle d'animal sauvage. Et un homme est sorti de la forêt, déchiré de morsures et de griffes, en haillons, sanglant des pieds à la tête, maigre comme un cadavre. Avec des yeux énormes qui lui mangeaient la tête et on ne voyait plus qu'eux dans sa barbe qui était devenue blanche, celle d'un vieux, d'un très vieux. Il marchait et chaque pas était son dernier pas.

Mais il marchait encore son dernier pas. Sur sa poitrine il serrait comme un fou dans ses bras un vieux sac et il a fallu qu'un gradé et trois hommes le lui prennent de force. Dans le sac, la tête pourrie du commandant viêt. Un homme pour un homme.

Une femme pour une femme, et le conteur baissa la voix, c'est la même chose, et c'est autre chose. On ne compte pas pareil.

L'aube va naître.

XXXV

Quand je suis revenu, seul le chien jaune qu'on disait errant était là pour m'accueillir. C'était jour de marché. Je voyais les négociants plier rapidement leur étal et jeter les fruits, les épices, toute la marchandise qui était leur fortune, dans le premier récipient venu sous leur main, une casserole, une bouteille au goulot cassé. Vite, celles qu'on appelle les vendeuses au petit tas, des femmes assises par terre avec devant elles trois cigarettes, ou six allumettes, ou trois morceaux de sucre, ou deux feuilles de tabac, les enfournaient dans une poche perdue dans leurs voiles. Et les passants couraient dans les rues du village, les habitants fermaient les portes. Vite, pas assez vite. Jour de marché. Il restait encore trop de gens dans les rues. Et c'est alors que j'ai entendu la cloche. La plus terrible société secrète est celle des femmes. Bien sûr, pour entrer dans la société humaine, les enfants doivent subir les rites de passage, les hommes devenir des hommes, on les circoncit. Les femmes des femmes, on les excise. Puis s'enfermer sous terre dans une grotte comme s'ils n'étaient pas encore nés, et puis naître de nouveau, nus, maintenant hommes et femmes, pour prendre la place qui leur est assignée.

La société secrète des femmes n'avait rien à voir avec cette entrée des enfants dans le monde des vivants. C'est l'entrée dans le monde des morts qui était leur domaine et leur puissance. Elles portaient un voile sur la tête, rabattu sur l'épaule, qui laissait voir leur visage. Leur visage était entièrement peint en blanc, un blanc terreux, terrible, d'argile et de cendre d'escargots de mer qui brûlés font une cendre particulièrement blanche. Vous le savez, on s'en sert ici pour blanchir les murs des maisons. Et aussi en blanc leurs mains, leurs pieds. Elles étaient des centaines à marcher ensemble précédées par une femme tout en blanc qui sonnait une cloche. Entre les coups de la cloche, on avait l'impression d'entendre un profond murmure, comme une rumeur de foule au loin. Mais elles avaient toutes les lèvres serrées. C'est leurs pieds nus traînant dans la poussière qu'on entendait, le bruit de leurs pas lents comme un pas de parade.

Au son de la cloche, tous les habitants se jetaient par terre, le visage contre le sol, la tête couverte de leurs mains croisées sur la nuque. Parce que celui qui voyait ces femmes voyait sa mort. Et les rues devant elles étaient jonchées de corps immobiles comme des cadavres. J'ai compris. Elles venaient annoncer sa mort à ma femme.

Tous ceux qui voulaient couper le premier lien entre ce pays et moi avaient gagné. Ils n'avaient même pas eu comme pour le lépreux à creuser la fosse, planter le pieu, passer la corde. Elle avait elle-même creusé la fosse et passé le cou dans la corde. Je l'ai appris le soir même. Un de ses amants, jeune arriviste qui dans cette aventure royale trouvait sa gloire, avait délaissé une amoureuse de quinze ans, qui s'était couverte d'essence et immolée par le feu comme c'est ici la tradition chez les filles en mal d'amour. Qui, la première, avait dérangé l'ordre du monde ?

Les hommes n'y étaient pour rien. Ils n'avaient pas compté. Il fallait payer cette mort. Cette fois, ce serait une femme pour une femme. La mienne.

XXXVI

Le jour va naître, dit le conteur. Pourquoi les exécutions n'ont jamais lieu le soir, mais à l'aube ? Parce que si quelqu'un doit être rayé de la liste des vivants, personne n'ose infliger le supplice au condamné de voir le jour se lever, les oiseaux se mettre à chanter avec les premiers rayons, les animaux domestiques s'ébrouer. Et on se parle, on se salue, on marche dans la rue, on discute de ses affaires, on s'appelle, on voit le soleil monter, on sent la vie reprendre, et la lumière éclaire la vie. Attendre, attendre sous le soleil jusqu'à la fin du jour ? Non, on exécute à l'aube, quand la vie n'a pas encore repris. Et parce que la nuit, c'est déjà la mort.

XXXVII

J'ai trouvé ma case déserte. Ma femme n'avait pas osé y venir. Alors je suis allé dans la sienne. Elle ne pleurait pas. Elle se faisait belle. Elle avait passé ses mains et ses chevilles au henné. Elle avait fardé ses yeux de khôl. Elle avait mis ses bijoux, prenant les uns, écartant les autres d'un doigt. Est-ce que je l'aimais encore ? Je ne voyais que ses cheveux qui étaient restés superbes et tombaient sur ses reins. Alors j'ai un peu remonté la lampe à pétrole qui fumait et je les lui ai tressés. C'est bien la première fois de ma vie et sans doute la dernière que je tressai les cheveux d'une femme.

Je le fis avec un soin, une attention qui tenaient de l'amour. Je savais seulement, comme tout marin, faire des épissures. Je tremblais un peu. Parfois je serrais trop. Elle poussait un petit cri. Je lui prenais la tête dans mes mains et je l'embrassais à la racine des cheveux. Nous avons passé la nuit dans les bras l'un de l'autre. J'avais laissé la lampe mourir faute de pétrole. Le châtiment le lendemain à l'aube, je le savais, serait la lapidation. En venant j'avais vu les jeunes gens préparer les tas de pierres.

XXXVIII

Le vent est tombé. Dans les palmiers les feuilles s'étaient arrêtées de bruire. Le jour s'est levé, dit le conteur qui avait baissé la voix. On est allé la chercher.

Ah, dit le conteur si bas qu'on l'entendit à peine. Comme j'aurais aimé être encore au premier jour.

XXXIX

L'aube. Je devais, c'était dans mes fonctions, présider à l'exécution. Les tas de pierres étaient prêts. Et là, la malheureuse, d'un coup oublia son maquillage et ses bijoux et mes bras de la nuit. Elle me suppliait, se pendait à moi. Et moi, devant cette détresse terrible, j'étais partagé entre la gêne de ces gémissements qui m'écœuraient et des souvenirs qui me brûlaient la gorge : la robe de mariée blanche avec les bas qu'elle avait dû essayer pendant un an en m'attendant.

Les femmes au visage blanc de cendre approchaient. La cloche sonnait plus haut. Les gardes, les serviteurs de la maison étaient couchés par terre, tête dans les mains. Ma femme aussi. Elle savait que le message était pour elle.

J'étais resté debout, face à la femme à la cloche, chef de l'assemblée secrète des femmes. Je l'ai regardée en face. Elle m'a regardé en face. Mais ses yeux me traversaient comme si je n'existais pas. Le message était aussi pour moi.

Alors ils ont lié ma femme, les mains dans le dos, les pieds pour pouvoir mieux la traîner. On m'amena de force sur la grande place, pour que je voie, assis sur mon pauvre trône de trois marches, sous mon parasol de plage, le triomphe de la loi. La foule immense : à la dimension du spectacle et de la qualité exceptionnelle de la victime et des acteurs. Le bruit ne pouvait pas être plus assourdissant : des cris, des appels, des raclements de gorge, des hurlements de joie ou de haine, on ne savait pas, ou seulement l'excitation de l'attente. On amena ma femme, qui essayait de se cacher la figure dans ses voiles et hoquetait de peur et de honte. Elle criait d'angoisse, appelait mon nom, invoquait Dieu. Il n'y eut pas à la pousser. Elle tomba d'elle-même sur le sol.

Comme le tas informe qu'elle allait être quand la lapidation serait finie. Elle était déjà un tas informe. Seules ses épaules étaient par moments agitées de soubresauts. Elle cachait sa tête dans le sable, puis la redressait pour cracher le sable. Combien de temps allait durer le supplice ? Qui étaient les maîtres du temps ? Ceux qui sans rien dire poussaient les jeunes à envoyer vite leurs pierres en visant bien, à la tête ; ou au contraire laisseraient pour la joie du public les cailloux la blesser longuement, très longuement, avant de frapper le coup mortel. Un caillou partit et la blessa au nez. La foule protesta. Je n'avais pas encore donné le signal. Il fallait respecter les rites.

Mais je ne l'ai pas donné. J'ai levé ma main, paume ouverte, pour signifier que j'exigeais le silence. Puis je me suis levé, et en silence, j'ai traversé la place qui n'était plus qu'une gigantesque respiration haletante, comme celle de ma femme, où ne perçaient par moments que ses appels étouffés. Elle s'était retournée sur le dos comme pour s'adresser au ciel. Ses lèvres bougeaient mais je n'entendais rien en sortir. Je me suis approché d'elle. J'ai sorti l'arme, le pistolet que j'avais apporté de France et que j'avais toujours gardé. Je ne le montrais plus depuis très longtemps parce que mon pouvoir n'avait pas besoin d'un tel signe extérieur. Ce matin, j'en avais besoin. D'une balle dans le cœur, à bout portant, j'ai tué ma femme. Au moins elle ne souffrirait pas. La femme lointaine que j'avais aimée dans ce pays trop lointain.

XL

Le conteur dit : je me tais. C'est rare un conteur qui décide de se taire. Mais quand tout désormais est annoncé, évident comme si c'était écrit, à quoi sert le conteur ? À quoi sert de raconter ce monde qui ne nous attend même pas pour vivre et mourir et vient à nous sur les pieds nus des femmes.

XLI

Selon l'opinion qui se chuchotait, j'avais déjà provoqué le désordre qui bouleverse l'ordre du monde en ne tenant pas mon rôle de mari et de roi. J'aurais pu et dû dix fois tuer ma femme adultère. J'avais la loi pour moi. Mais non. Je l'avais tuée pour empêcher le cours normal de son exécution suivant la loi. J'étais aussi coupable qu'elle. Je le savais. C'est ma mort que j'avais décidée en la tuant. Mais comment me tuer ? Ils hésitaient.

Ils décidèrent après de longs conciliabules à mi-voix de m'appliquer ce qu'ils appelaient la « mort blanche ». Je n'existais plus, c'est tout. *Je n'avais même jamais existé.* Je pouvais parler, on ne m'entendait pas. Dans la rue, n'importe où, si on me croisait, on ne me voyait pas. Jamais on ne me touchait, puisque je n'étais pas là. Je n'avais jamais été là. Au dernier moment on faisait un écart, mais qui n'avait pas l'air d'un écart, qui avait l'air naturel, comme si on se retournait seulement parce qu'on avait oublié quelque chose à la maison, ou pour éviter une pierre, un trou dans le sol. Je pouvais entrer dans une case, boire du thé, manger une galette ou un peu de viande, personne ne protestait, ne bougeait. Un inconnu, on l'aurait questionné, on l'aurait aidé ou empêché, peu importe. Moi, je n'étais même pas un inconnu. Même pas un revenant, puisque je n'avais même pas existé. La mort blanche.

Peut-être un mois j'ai erré ainsi comme une ombre invisible dans ce qui avait été mon royaume et où il n'y avait plus pour moi que des ombres. Je craignais de devenir fou. J'ai fouillé fébrilement toute ma case, jetant les meubles par terre, arrachant les rideaux et les draps. Mes mains tremblaient. Où avais-je rangé ce que chaque fois j'apportais avec moi de France et que je reprenais chaque fois pour partir ? Sous un lit, j'ai fini par trouver mes quelques affaires personnelles. Je les aurais embrassées. Je crois que je pleurais. J'ai mis dans un sac mon passeport, mon pistolet, quelques pièces d'argent, un carnet de chèques, ma carte de parlementaire européen. Un mouchoir, un trousseau de clés. J'avais besoin de toucher ces objets dérisoires pour me convaincre que j'étais encore en vie.

J'ai pris dans une case du pain, dans une autre une gourde d'eau, dans une autre un peu de viande séchée. J'ai volé aussi une douzaine de morceaux de sucre et un régime de bananes comme si j'étais un légionnaire qui allait déserter. Personne ne m'a rien dit. J'entrais, je prenais, je sortais. Les regards des habitants de la case me traversaient sans me voir. Et je partis un soir. Devant moi, toutes les portes étaient ouvertes. Les passants de rencontre ne se retournaient pas. Je ne partais pas, je n'étais jamais venu. Au début, le chien jaune errant avec une taie sur l'œil m'accompagnait. Je lui ai lancé un caillou. Il l'a flairé longuement comme s'il s'agissait d'une chose très étrange venue d'un autre monde et a arrêté de me suivre. C'est lui, un œil clos, la tête penchée d'un côté comme si une de ses oreilles était plus lourde, le dernier être vivant et la dernière image de mon royaume au loin.

XLII

Le jour est levé, dit le conteur.

XLIII

J'avais compté deux jours de marche pour rejoindre la tribu d'esclaves noirs qui vivaient sur la côte et dont le chef avait mon 4 × 4. Leur campement était vide. Ils étaient partis nomadiser plus au nord. Au bas de leurs quatre pierres en pente je ramassai un peu de rosée pour boire. Je me rationnais : deux sucres, une demi-galette par jour. Une banane, mais dans un régime elles ont l'inconvénient de mûrir toutes en même temps. Les légionnaires déserteurs n'emportaient pas de bananes.

J'ai marché dix jours sur les traces de leurs feux. Je mangeais parfois leurs restes. Je trouvais un peu de poisson dans les mares que laisse la marée en descendant. Je ne marchais d'ailleurs qu'à marée basse, sur le sable humide. Avancer dans le sable sec de la dune qui roulait sous mes pas était un effort au-dessus de mes forces. J'étais tombé évanoui quand une faction qui pêchait avec l'aide des dauphins me ramassa et me porta sur une sorte de brancard jusqu'au campement principal. Personne ne me parlait.

J'ai fait signe à leur chef sorcier que je voulais ma voiture pour aller à la ville et à l'aéroport. Il aurait pu me prendre mes vêtements, mes chaussures, mon argent, tout ce que j'avais sur moi. Mais il n'était pas un voleur. Il savait seulement que tout se paie, une voiture ou une vie. D'un doigt il désigna mon pistolet. D'un geste je lui ai fait comprendre que je le lui donnerais à la ville. Les ethnographes l'enseignent : le premier commerce entre les hommes est le troc, et il était muet.

XLIV

L'aube pâlissait le ciel à l'est. Avec les premiers rayons du soleil, les tourterelles du désert, qui ressemblent à des perdrix, roucoulaient. Le conteur a repris : pourquoi raconter cette si triste histoire de l'homme étranger qui fut notre roi ? Parce que le secret est trop lourd. Il faut le partager. Nous ne pouvons pas encore aujourd'hui arrêter de penser à lui. S'il revenait, comme un jeune homme aux yeux clairs qui ne regarde pas sa montre, je ne suis pas sûr que nous ne lui offririons pas de nouveau de rester. Il nous avait donné son cœur et il avait pris le nôtre. La seule façon d'oublier un peu, c'est de raconter.

XLV

Quand je suis arrivé en France, il a bien fallu que je m'explique : à Paris, à Strasbourg, avec ma femme, mon assistante, mes collègues. J'avais perdu quatorze kilos. Il était difficile de prétendre que j'étais aux Maldives en cure de thalassothérapie. J'ai mis mon absence, ma maigreur, mes traits creusés d'un coup par l'âge, les moments d'absence où je semblais loin, si loin, et je m'arrêtais au milieu d'une phrase, les trous de mémoire où je ne reconnaissais plus les amis de toujours, j'ai mis tout cela sur le fait d'avoir été fait prisonnier dans un obscur conflit tropical dont je voulais tirer un reportage. J'avais fini par réussir à m'enfuir. Les autorités françaises n'étaient au courant de rien. Et je faisais comprendre que je ne voulais plus en parler, je cherchais seulement à oublier. Ma femme, seule, m'aidait et me comprenait. Elle ne posait pas de questions.

Interviewé, j'ai fait la bêtise de dire, pour me débarrasser des questions, que j'avais été otage, et de raconter une anecdote dans une affaire réelle d'otage dont j'avais dû il y a longtemps m'occuper. *Parler pour ne pas parler*, m'avait appris un oncle qui était dans les Services. Pendant un mois, il n'y eut pas un débat à la télévision sur les problèmes d'otages sans qu'on me demande d'intervenir comme grand témoin. Mais ma famille, mes proches n'étaient pas dupes. Ils pensaient que j'avais attrapé en Afrique ou en Asie une sale maladie qui s'attaquait au cerveau et faisait perdre la mémoire. Ils m'obligèrent à consulter les meilleurs médecins qui hésitaient à se prononcer. Dieu merci, la médecine n'est pas tout à fait une science exacte.

XLVI

Sous les palmiers bruissant de nouveau, chacun hésitait à s'en aller. Il faut tuer le souvenir, dit le conteur en faisant circuler une dernière fois la sébile de bois. Mais comment tuer le souvenir ? Contre lui la mort blanche ne suffit pas. On peut même craindre qu'elle ne le renforce. De quelle chair se nourrissent les morts ?

XLVII

Je n'ai pas eu de vie, seulement des souvenirs. Trop.

Le souvenir, on ne peut pas le tuer. Mais il
y a une façon de l'affaiblir : raconter. J'ai
décidé de raconter.

DU MÊME AUTEUR

Aux Éditions Gallimard

LA MER EST RONDE. *Nouvelle édition augmentée en 1992* (« Folio », n° *2386*).

L'ATLANTIQUE EST MON DÉSERT, 1996 (« Folio », n° *3052*).

DÉMOCRATIE, 1998. CD audio (« À voix haute »). *Conception de Prune Berge. Production sonore* : « Les Films de La Licorne, Francis Scaglia ».

LA LUNE ET LE MIROIR, 2004 (« Folio », n° *4399*).

Chez d'autres éditeurs

LE BORD DES LARMES, *Grasset*, 1955.

LE MARCHÉ COMMUN, *P.U.F.*, 1958.

LA MER EST RONDE, *Le Seuil*, 1975.

L'EUROPE INTERDITE, *Le Seuil*, 1977.

DEUX HEURES APRÈS MINUIT, *Grasset*, 1985.

LA DÉSIRADE, *Olivier Orban*, 1988.

UN HÉROS TRÈS DISCRET, *Olivier Orban*, 1989.

L'EMPIRE NOCTURNE, *Olivier Orban*, 1990.

CE QUE JE CROIS, *Grasset*, 1992.

LE SECRET DU ROI DES SERPENTS, *Plon*, 1993.

MÉMOIRES DE 7 VIES, *Plon*.

    I. LES TEMPS AVENTUREUX, 1994.

    II. CROIRE ET OSER, 1997.

LE BUREAU DES SECRETS PERDUS, *Odile Jacob*, 1998.

TADJOURA, *Hachette Littérature*, 1999.

HISTOIRES DE COURAGE, *Plon*, 2000.

LA BANDE À SUZANNE, *Stock*, 2000.

L'ÎLE MADAME, *Hachette Littérature*, 2001.

DICTIONNAIRE AMOUREUX DE LA MER, *Plon*, 2002.

LA GLOIRE DANS VINGT ANS, *XO*, 2003.

LA DOUBLE PASSION : ÉCRIRE OU AGIR, *Laffont*, 2004.

LE GRAND JEU, *Hachette Littérature*, 2005.

SURVIVRE, *Plon*, 2006.

Composition Graphic Hainaut
Impression Novoprint
à Barcelone, le 10 mai 2006
Dépôt légal : mai 2006

ISBN 2-07-32099-5./Imprimé en Espagne.
16078